dtv

»Nein, das heißt ja ...« Das Aneinandervorbeireden, die Tücke des Objekts, das Groteske im Alltag bilden Inhalt und Ausgangspunkt dieser vergnüglichen Szenen. Meist geht es um den zähen Widerstand des kleinen Mannes gegen den Übermut der Mächtigen, doch auch ein voyeuristischer Bürgermeister, begriffsstutzige Polizisten und ein fliegender Aschenbecher, der den Korruptionssumpf in einer Amtsstube aufdeckt, spielen entscheidende Rollen ... In der Tradition und nach dem Vorbild Karl Valentins entstanden, sind die hintergründig-grotesken ›Vorstadtminiaturen‹ erstmals 1982 erschienen. Herbert Rosendorfer hat nun die Auswahl leicht verändert und um vier neue Szenen ergänzt. – »Exquilibristische Spiele, in denen der Nonsens zum Tanzen gebracht wird.« (Otto F. Beer)

Herbert Rosendorfer, am 19. Februar 1934 in Bozen geboren, ist Jurist und Professor für bayerische Literatur. Er war Gerichtsassessor in Bayreuth, dann Staatsanwalt und ab 1967 Richter in München, von 1993 bis 1997 in Naumburg/Saale. Seit 1969 zahlreiche Veröffentlichungen, unter denen die ›Briefe in die chinesische Vergangenheit‹ (dtv 10541) am bekanntesten geworden sind.

Herbert Rosendorfer

Vorstadtminiaturen

Deutscher Taschenbuch Verlag

Februar 2006
Deutscher Taschenbuch Verlag GmbH & Co. KG,
München
www.dtv.de

Umschlagkonzept: Balk & Brumshagen
Umschlaggestaltung: Bettina Wengenmeier unter Verwendung
einer Fotografie von © zefaimages / G. Palmer
Druck und Bindung: Druckerei C. H. Beck, Nördlingen
Gedruckt auf säurefreiem, chlorfrei gebleichtem Papier
Printed in Germany
ISBN-13: 978-3-423-13421-7
ISBN-10: 3-423-13421-6

Inhalt

An der Haustür

PERSONEN: Hausherr, Vertreterin

Stiegenhaus eines abgewohnten Mietshauses. Mehrere Wohnungstüren. Die Vertreterin hat an einer geläutet, der Hausherr macht auf.

VERTRETERIN *schielt auf das Namensschild*: Herr Frantzspeck, ich habe eine gute Nachricht für Sie –

HAUSHERR: Auweh.

VERTRETERIN *stutzt:* Wieso – *fängt sich sogleich wieder* – Ich habe eine gute Nachricht für Sie –

HAUSHERR: Entschuldigen Sie bitte, wenn Sie den Herrn Frantzspeck sprechen wollen –

VERTRETERIN: Ja, oder die Dame des Hauses. Ich habe eine gute Nachricht –

HAUSHERR: Entschuldigen Sie – wen wollen Sie jetzt sprechen, den Herrn Frantzspeck oder die Dame des Hauses?

VERTRETERIN: In erster Linie die Dame des Hauses, denn ich habe eine interessante Überraschung für sie. Aber auch den Herrn des Hauses dürfte die Nachricht, die ich für ihn habe –

HAUSHERR: Nein, bitte, wir müssen vorher klären, wen Sie sprechen wollen –

VERTRETERIN *aus dem Konzept gebracht:* Sind Sie nicht Herr – *schielt auf das Schild* – Frantzspeck, der Herr des Hauses?

HAUSHERR: Nein.

VERTRETERIN: Aber hier steht doch Frantzspeck?

HAUSHERR: Ja, schon. Aber das heißt noch nicht, daß ich Frantzspeck heiße beziehungsweise Herr Frantzspeck bin.

VERTRETERIN: Kann ich die Dame des Hauses sprechen?

HAUSHERR: Nein.

VERTRETERIN: Können Sie mir bitte sagen, wann die Dame des Hauses anwesend ist?

HAUSHERR: Nein.

VERTRETERIN: Dann möchte ich Herrn Frantzspeck sprechen.

HAUSHERR: Eine Dame des Hauses gibt es nicht.

VERTRETERIN: Ah – Herr Frantzspeck ist unverheiratet. Sind Sie der Butler?

HAUSHERR: Der wer bitte?

VERTRETERIN: Der Butler.

HAUSHERR: Nein, ich bin der Heinz.

VERTRETERIN: Ich habe eine interessante Überraschung für Sie –

HAUSHERR: Bitte, für wen?

VERTRETERIN: Für Sie!

HAUSHERR: Ach so. Ich habe schon gehofft, Sie wollten nur Herrn Frantzspeck sprechen. Herr Frantzspeck ist nämlich schon verheiratet, also, er war verheiratet, wie er hier ausgezogen ist. Das kann sich natürlich geändert haben.

VERTRETERIN: Herr Frantzspeck wohnt also nicht mehr hier?

HAUSHERR: Nein.

VERTRETERIN: Aber das Schild?

HAUSHERR: Sein Schild ist noch hier.

VERTRETERIN: Ach so. Macht nichts. Dann habe ich eine Überraschung für Sie –

HAUSHERR: Die Dame des Hauses, auch wenn sie nicht Frau Frantzspeck ist, wollen Sie nicht mehr sprechen?

VERTRETERIN: Ja, ich habe gedacht, die Dame ist nicht zu sprechen?

HAUSHERR: Stimmt. Die Dame ist nicht zu sprechen, weil es sie gar nicht gibt. Verstehen Sie?

VERTRETERIN: Nein.

HAUSHERR: Ich bin unverheiratet.

VERTRETERIN: Ach so. Dann habe ich eine gute Nachricht für Sie.

HAUSHERR: Das habe ich schon gefürchtet, wie ich Sie gesehen habe.

VERTRETERIN: Wieso gefürchtet? Eine gute Nachricht fürchten Sie?

HAUSHERR: Wenn etwas sowohl für Herrn Frantzspeck als auch für Frau Frantzspeck als auch für die Dame des Hauses hier, die es nicht gibt, als auch für mich eine gute Nachricht sein soll, dann ist so eine gute Nachricht eine eher fürchterliche Nachricht, denn eine gute Nachricht ist meistens nur für einen eine gute Nachricht.

VERTRETERIN: Aber ich –

HAUSHERR: Schon weil eine wirklich gute Nachricht für andere eine schlechte Nachricht sein muß.

VERTRETERIN: Ich habe hier –

HAUSHERR: Zum Beispiel: wenn Sie mir Geld bringen. Sagen wir: hundert Mark. Da muß ja von jemand anderem das Geld weggenommen worden sein. Oder nicht?

VERTRETERIN: Das verstehe ich nicht.

HAUSHERR: Ich weiß nicht, was da schwer zu verstehen sein soll. Wenn Sie, zum Beispiel, einem Herrn Müller sagen: Geben Sie mir hundert Mark, die möchte ich dem Herrn Dobruschek bringen –

VERTRETERIN: Sie sind Herr Dobruschek?

HAUSHERR: Ja – und Sie bringen mir die hundert Mark, so ist das für mich eine gute Nachricht, das heißt: genau genommen ist es eine gute Nachricht, wenn Sie mir vorher sagen: Schauen Sie, jetzt bringe ich Ihnen hundert Mark. Verstehen Sie? Und für den Müller ist es eine schlechte Nachricht, wenn Sie ihm sagen: Jetzt hat Ihre hundert Mark der Dobruschek. Jeder hat lieber, daß man ihm Geld gibt. Wenn einer behauptet, er hätte lieber, daß man ihm Geld wegnimmt, dann lügt er.

VERTRETERIN: Aber man kann doch auch Geld bekommen, ohne daß man es einem anderen wegnehmen muß?

HAUSHERR: Ja, wenn der andere es freiwillig hergibt, mehr oder minder freiwillig. Aber kriegen tut es jeder lieber als hergeben, wenn es noch so freiwillig ist.

VERTRETERIN: Nein, ich meine –

HAUSHERR: Ganz ohne es jemandem wegzunehmen?

VERTRETERIN: Das muß es doch auch geben.

HAUSHERR: Ja? Zum Beispiel?

VERTRETERIN: Mir fällt jetzt kein Beispiel ein.

HAUSHERR: Eben. Weil es keines gibt.

VERTRETERIN: Doch: von der Gelddruckerei, wo es gedruckt wird.

HAUSHERR: Haben Sie jemals von der Gelddruckerei Geld bekommen?

VERTRETERIN: Nein, ich nicht.

HAUSHERR: Kennen Sie vielleicht einen, der so Geld bekommen hätte?

VERTRETERIN: N – nein.

HAUSHERR: Eben. Nicht einmal Falschmünzer geben ihr Geld gern her. Nicht einmal die. Ich habe einen Falschmünzer gekannt, der hat sich sogar auf sein falsches Geld herausgeben lassen. Statt daß er sagt: Ist schon gut, behalten Sie den Hunderter, Herr Ober, ich mach' mir einen neuen. Beziehungsweise nicht sagt, darf er ja nicht, sondern denkt. Nein, sogar er läßt sich herausgeben. Gibt Ihnen das nicht zu denken?

VERTRETERIN: Jedenfalls, Herr Dobruschek, habe ich eine interessante Überraschung für Sie.

Hausherr seufzt.

VERTRETERIN: Hier. *Zeigt eine kleine Schachtel vor.*

HAUSHERR: Was ist das?

VERTRETERIN: Norma. Norma ist mehr als Seife.

HAUSHERR: So.

VERTRETERIN: Norma ist ein neuartiges Produkt, das auch Sie begeistern wird.

HAUSHERR: Wenn Sie wüßten, daß mich nichts mehr begeistern kann.

VERTRETERIN: Norma ist anders als alle anderen Seifen. Norma ist gar keine Seife. Norma ist mehr als eine Seife. Norma ist Norma.

HAUSHERR: Und wodurch unterscheidet sie sich von anderen Seifen?

VERTRETERIN: Norma ist durch und durch anders. Ein Versuch wird Sie überzeugen.

HAUSHERR: Muß man die nur hinlegen, und braucht man sich dann nicht mehr zu waschen?

VERTRETERIN: Das natürlich nicht –

HAUSHERR: Na ja. Dann ...

VERTRETERIN: Norma ist nur mit Norma vergleichbar.

HAUSHERR: Wird die größer, wenn man sich mit ihr wäscht?

VERTRETERIN: Nein –

HAUSHERR: Schauen Sie, das wäre neuartig gewesen, jawohl. Eine Seife, die größer wird statt kleiner, jedesmal, wenn man sich wäscht.

VERTRETERIN: Das gibt es doch gar nicht.

HAUSHERR: Das wäre aber wirklich neuartig gewesen.

VERTRETERIN: Sie werden von Norma begeistert sein.

HAUSHERR: Ich habe schon vierundvierzig Stück Seife, von denen ich begeistert sein soll.

VERTRETERIN: Wie das?

HAUSHERR: Ich komme mit dem Waschen nicht mehr nach. Ich wasche mich schon, daß es nur so schäumt. Ich wasche mich sozusagen verschwenderisch. Die einzelnen Seifen werden zwar mit der Zeit kleiner, aber der Vorrat insgesamt wird immer größer. Ich kaufe eben alles.

VERTRETERIN: Sie kaufen alles?

HAUSHERR: Lügen Sie?

VERTRETERIN: Wer, ich?

HAUSHERR: Ja, lügen Sie?

VERTRETERIN: Natürlich nicht.

HAUSHERR: Eben. Also stimmt das, was Sie von Ihrer Norma erzählt haben?

VERTRETERIN: Selbstverständlich.

HAUSHERR: Und die anderen Vertreter, die kommen, die lügen auch nicht, sagen die. Ich kann doch nicht, ich meine: es wäre doch geradezu unmoralisch, von vornherein anzunehmen, daß jeder Mensch, der da an die Tür kommt, lügt. Daß ein Mensch, den ich nicht kenne, ein Mensch wie ich, daß der lügt. Eben. Und jeder sagt, ich soll seine Seife kaufen. Wenn er nicht lügt, muß ich doch seine Seife kaufen, oder?

VERTRETERIN: Um Gottes willen, kaufen Sie jedem eine Seife ab, der kommt?

HAUSHERR: Wenn es nur die Seife wäre! Was wissen Sie, was da alles kommt. Ich habe viermal den ›Spiegel‹ abonniert, zweimal ›Wild und Hund‹, ich habe den

›Ursberger Kalender‹, ich habe den ›Emmerans-Boten‹, ich habe den ›Liebfrauen-Boten‹, ich habe dreimal das ›Goldene Blatt‹, ich habe alle Illustrierten, ich habe vier Hausfrauenzeitschriften –

VERTRETERIN: Ja, das ... das ...

HAUSHERR: – ich habe hundert Bürsten, zum Teil von Blinden, zum Teil von anderen Schwerbeschädigten angefertigt, ich verfüge über eine Sammlung von etwa zweitausend Postkarten, zum Teil mit dem Mund, zum Teil mit den Füßen gemalt –

VERTRETERIN: Sie sind –

HAUSHERR: Ich bin Zeuge Jehovas, ich bin Mormone, ich bin Bibelforscher, ich bin Mitglied der SPD, ich bin auch Mitglied der CSU. Ich bin Mitglied des Tierschutzvereins. Ich habe ein Abonnement auf wöchentlich fünf Kilo frischen Waldhonig. Wollen Sie den Honig sehen? Ich könnte in Honig baden. Ich habe drei Lieferanten von Bauerneiern. Ich habe sechs verschiedene Bierlieferanten. Ich habe Säcke von Vogelfutter, obwohl ich keine Vögel habe.

VERTRETERIN: Das kostet doch ein Vermögen!

HAUSHERR: Wem sagen Sie das. Ich kann mir vor lauter Mitgliedsbeiträgen kaum noch das Nötigste leisten. Seit einem Jahr schon müßte ich dringend dieses Klingelschild, wo immer noch mein Vormieter Frantzspeck draufsteht, durch eins mit meinem Namen ersetzen lassen. Und ich wette, daß Ihre Norma das Geld, das ich dafür erspart habe, aufzehrt. Wenn doch einmal einer käme, der mit Klingelschildern handelt, auf denen »Dobruschek« steht.

Vertreterin steckt die Seife wieder ein.

HAUSHERR: Was machen Sie da?

VERTRETERIN: Ich gebe Ihnen einen Rat.

HAUSHERR: Tun Sie die Seife wieder weg?

VERTRETERIN: Im Vertrauen gesagt: das ist eine Seife wie jede andere.

HAUSHERR: Wie jede andere?

VERTRETERIN: Ja. Sie brauchen sie nicht.

HAUSHERR: Ich bin übrigens auch Mitglied von drei Schallplatten- und vierzehn Buchclubs. Ich komme gar nicht mehr zum Bestellen. Die Hauptvorschlagsbände füllen schon ganze Regale.

VERTRETERIN: Und ich gebe Ihnen einen Rat. Sie müssen nein sagen lernen.

HAUSHERR: Wie oft mir der Rat schon gegeben worden ist. Und dann kommt einer und will Scheren schleifen – zum Glück habe ich genug Scheren aus Schwerbeschädigtenbetrieben. Durch das viele Schleifen nützen sie sich wenigstens ab.

VERTRETERIN: Zu mir kommen auch Vertreter.

HAUSHERR: Ja?

VERTRETERIN: Ich verrate meinen Trick nicht gern, mit dem man die Vertreter los wird, ohne nein sagen zu müssen.

HAUSHERR: Bitte, wie?

VERTRETERIN: Mit Argumenten.

HAUSHERR: Und?

VERTRETERIN: Mit einem Argument. Aber Sie sagen es nicht weiter? Sie sagen, wenn einer mit Zeitungen kommt: Bedaure, ich habe einen Zeitungskiosk.

Pause.

HAUSHERR: Das ginge auch mit: Honighandlung.

VERTRETERIN: Mit Bierdepot.

HAUSHERR: Mit Quäkern geht's nicht.

VERTRETERIN: Womit?

HAUSHERR: Mit Quäkern. Quäker bin ich noch nicht.

Mormone und so weiter bin ich alles. Quäker noch nicht.

VERTRETERIN: Ach so, Quäker meinen Sie. Quäker sind Sie noch nicht?

HAUSHERR: Nein, weil noch keiner da war.

VERTRETERIN: Sonst wären Sie es schon?

HAUSHERR: Ohne Zweifel.

VERTRETERIN: Wenn der Honig und die Zeitungen und so fort einmal weggefallen sind – ist es dann so schlimm, wenn Sie Quäker werden? Wenn Sie schon Mormone sind und Zeuge Jehovas?

HAUSHERR: Das ist wahr.

VERTRETERIN: Mehr als einmal können Sie ja nicht Quäker werden.

HAUSHERR: Da haben Sie recht.

VERTRETERIN: Dann werden Sie eben noch Quäker, und dann haben Sie Ihre Ruhe.

HAUSHERR: Ich war kaum je einem Menschen so dankbar wie Ihnen. Wissen Sie was? Geben Sie mir zwei Stück Norma.

Fort mit der Isolationsfolter

PERSONEN: A, B

Am Bahndamm einer Vorortstrecke. Schotter und Unkraut. A und B, beide von stark anarchistischem Aussehen, kommen an eine große, weiß getünchte Mauer. Nacht, spärliches Licht. B trägt einen Farbkübel, einen Pinsel und eine Leiter. A trägt nichts.

A: Wenn ein Zug kommt, müssen wir uns hier in den Graben werfen.

B: Kommen so spät noch Züge?

A: Das weiß ich nicht. Aber wenn ein Zug kommt, müssen wir uns in den Graben werfen.

B: Neben das Geleis?

A: Selbstverständlich, da ist es am sichersten.

B: Am Bahnhof würde ich mich lieber neben das Geleis werfen.

A: Wir können doch nicht am Bahnhof die Aktion machen. Da kommt sofort ein Bulle.

B: Aber während des Aufenthalts an Bahnhöfen ist die Benützung der Toiletten verboten. Deswegen würde ich mich dort lieber neben das Geleis werfen, wenn es schon sein muß.

A: Hier fährt nur die S-Bahn, die hat keine Toiletten.

B: Die S-Bahn hat keine Toiletten?

A: Ich will mit dir jetzt nicht diskutieren. Du sollst jetzt endlich anfangen.

B: Ja – ja. Ist schon gut.

B stellt seine Leiter hin und steigt mit Farbtopf und Pinsel hinauf.

B: Was soll ich jetzt schreiben?

A: Als ob wir das nicht hunderttausendmal besprochen hätten: »Fort mit der Isolationsfolter.«

B: »Fort mit der Isolationsfolter.« *Er taucht umständlich den Pinsel ein, hebt ihn – malt aber nicht.* Du: – äh – mit Ausrufezeichen?

A: Mit was? Ach so – wie du willst – nein, ja, selbstverständlich mit Ausrufezeichen. Das ist ja schließlich ein Aufruf. Mit zwei.

B: Mit zwei. Ist das jetzt ein Aufruf oder ein –

A: Jetzt quatsch nicht so endlos – mach endlich weiter!

B: Nur, weil du gesagt hast: ein Aufruf, und es ist doch ein Ausrufezeichen. Gibt es auch ein Aufrufezeichen ...

A: Ich werde wahnsinnig.

B: Ist schon gut, ist schon gut. *Er taucht wieder den Pinsel ein.* Du, sag einmal – darf ich dich etwas fragen, ohne daß du gleich bös wirst?

A: Ja, was denn?

B: Was ist denn das, die Isolationsfolter?

A: Nein! Ich werde irre. Ich werde total irre. Ja, sag einmal, weißt du nicht –

B: Du hast versprochen, daß du nicht bös wirst.

A: Du weißt nicht, was die Isolationsfolter ist?

B: Nein.

A: Du hast dir also nie Gedanken darüber gemacht, was die Isolationsfolter darstellt?

B: Gedanken gemacht schon. Aber davon allein ist es mir nicht gekommen.

A: Die Isolationsfolter ist ein repressives Mittel des herrschenden Systems innerhalb scheinlegaler Gegebenheiten, politische Häftlinge im Sinn der Erhaltung bestehender Zustände massiv zu beeinflussen.

B: Ah, so. Ich habe geglaubt, es ist was Elektrisches. *Er setzt wieder an zu malen.* Die Isolationsfolter ist also schlecht.

A: Ja, selbstverständlich.

B: Sag einmal: wenn wir das jetzt da hinpinseln: »Fort mit der Isolationsfolter!«, machen die das dann auch?

A: Wie? Das versteh' ich nicht!

B: Wir schreiben das da hin, richten die sich auch danach?

A: Wer?

B: Na ja, die, die die Isolationsfolter – also die, die das machen, die Folter.

A: Natürlich richten die sich nicht danach.

B: Warum schreiben wir das dann hin?

A: Wir müssen die Massen wachrütteln. Wir müssen in die Hirne der Massen hineinhämmern, daß die Isolationsfolter –

B: Dann ist aber eigentlich unser Text falsch: »Fort mit der Isolationsfolter!« Dann müßten wir schreiben: »Seid gegen die Isolationsfolter!«

A: Hm. – Das wirkt aber nicht gut. Das wirkt nicht plakativ.

B: Aber wir wollen doch nicht so wie die Werbefritzen irgendwas Plakatives, wir wollen doch die Wahrheit?

A: Du kannst einen ganz schön durcheinanderbringen mit deinem blöden Gerede.

B: Soll ich also schreiben: »Seid gegen die Isolationsfolter!«?

A: Also, um ganz ehrlich zu sein: gut finde ich deinen Text nicht. Aber, meinetwegen –

B *zweifelnd:* »Seid gegen die Isolationsfolter!«

A: Du findest ihn auch nicht gut?

B: Was heißt das schon, letzten Endes. »Seid –«, das ist also Plural. Zwei sind ja auch schon Plural. Zwei genügen nicht. Alle müssen dagegen sein. »Seid alle gegen die Isolationsfolter!«

A: Das gefällt mir schon besser.

B: Obwohl. Wenn du genau denkst. Was heißt das: alle? Alle ... Das ist zu allgemein. Wir müssen näher bei den Tatsachen bleiben, sonst ist das ja wie ... irgendwie religiös, quasi. »Liebe deinen Nächsten«, und so. Das nimmt auch keiner ernst. Wir müssen schreiben: »Seid alle, die ihr das lest, gegen die Isolationsfolter!«

A: Wird das nicht ein bißchen lang, der Spruch?

B: Die Wahrheit kannst du nicht mit dem Metermaß messen.

A: Was du immer mit deiner Wahrheit hast.

B: »Eine Revolution, die sich von der Wahrheit entfernt, wird Reaktion.« Lenin.

A: Du kannst einen wirklich wahnsinnig machen.

B: Ich schreibe also: »Seid alle, die ihr das lest, gegen die Isolationsfolter!«

A: Ja, aber schreib's bald.

B *setzt zum Schreiben an:* Du –

A: Ja?

B: Ob die das aus Sparsamkeit machen?

A: Was?

B: Ich fahre ja nicht so oft mit der S-Bahn, aber ich stelle mir das scheußlich vor, wenn ich so da drin sitze und müßte dringend.

A: Wie?

B: Ja, du sagst doch, daß sie in der S-Bahn keine Toiletten haben.

A: Weiß ich, vielleicht aus Sparsamkeit. Aber mach jetzt weiter.

B: Sollen wir nicht auch gleich dazuschreiben: »Und schafft in der S-Bahn Toiletten!«?

A: Das hat doch wirklich nichts miteinander zu tun.

B: Nicht direkt, aber – es würde vielleicht den Wünschen der Leute entgegenkommen, und dann wären sie auch aufgeschlossener –

A: Nein. Das schreibst du nicht.

B: Ich schreibe: »Seid alle, die ihr das lest ...« oder besser: »Seid alle, die ihr hier vorbeifahrt und das lest, gegen die Isolationsfolter. Dafür sind wir dafür, daß in der S-Bahn Toiletten –«

A: »Dafür sind wir dafür« ist sprachlich schlecht.

B: Dann formulieren wir es umgekehrt. »Dafür sind wir dagegen, daß in der S-Bahn immer noch keine Toiletten –«

A: Da haben die gar nichts davon, daß wir dagegen sind, daß es in der S-Bahn keine Toiletten gibt. Wenn wir uns dafür einsetzen –

B: Dann habe ich einen anderen Vorschlag. Ich schreibe: »Wir machen euch einen Vorschlag: wir, die wir das geschrieben haben, sind dagegen, daß es in der S-Bahn keine Toiletten gibt. Wir werden uns in Zukunft dafür einsetzen, daß in der S-Bahn Toiletten angeschafft werden. Dafür seid ihr, die ihr hier vorbeifahrt und das lest, im Ausgleich dafür gegen die Isolationsfolter.«

A: Das ist ja ein ganzer Roman.

B: Jetzt übertreib nicht. Das sind – *er rechnet nach* – vielleicht acht Zeilen. Acht Zeilen sind kein Roman, höchstens ein Gedicht.

A: Aber das ist zuviel. Das liest niemand.

B: Dann schreiben wir darüber: »Bitte lesen.«

A: Wenn du mich fragst: das Ganze überzeugt mich nicht.

B: Ich frag' dich aber nicht.

A: Das ist viel zu lang, das liest kein Mensch.

B: Aber es ist doch wichtig! Da kann es doch gar nicht lang genug sein. Man muß es den Leuten einhämmern, hast du selber gesagt. Ich habe da übrigens noch ein Gedicht –

A: Es ist zu lang, zu viel.

B: Wenn es so wichtig ist, wie du sagst, mit der Isolationsfolter, dann kann man doch von den Leuten verlangen, daß sie das lesen. Oder nicht?

A: Irgendwo ist da ein Bruch in der Logik bei dir. Ich weiß nur noch nicht, wo.

B: Lies einmal das Gedicht. *B gibt A ein paar zusammengeheftete Blätter.*

A *liest:* Sehr mäßig.

B: Aber wenn du die Gesinnung betrachtest, mußt du sagen: Hut ab.

A: Na ja. Von wem ist denn das Gedicht?

B: Von mir.

A: Vielleicht ist es auch gut. Ich versteh' nichts von Gedichten.

B: Ich möchte es gern noch dazuschreiben. Das da, die Stelle auf Seite drei, kann man gut und gern auf die Isolationsfolter beziehen.

A: Das sind ja vier Schreibmaschinenseiten?

B: Ein gutes Gedicht kann gar nicht lang genug sein.

A: Das geht nicht. Da mußt du ja – das wird ja zu klein, das geht ja nur hin, wenn du so klein schreibst.

B: Schreib' ich eben klein.

A: Das liest doch keiner.

B: Dieses Argument ist schon ein bißchen abgegriffen, hast du nicht auch das Gefühl?

A: Jetzt horch einmal zu. Setz dich her. Wir werden die Sache in Ruhe ausdiskutieren.

B: Das sagst du immer, wenn wir nicht machen, was du willst.

A: Das kann doch keiner lesen. So kleine Buchstaben. Jetzt denk doch einmal. Hier, so kleine Buchstaben! Und wie schnell fährt der Zug vorbei? Eine Sekunde vielleicht – so lang haben die im Zug Zeit, das zu lesen. Eine Sekunde! Jetzt sag einmal selber: traust du dir zu, dein Gedicht in einer Sekunde zu lesen? Dabei bist du ein Revolutionär, und die im Zug nicht.

B: Mhm. Da hast du möglicherweise recht.

A: Siehst du.

B: Dann muß ich das Ganze als Schriftband schreiben. Daß sie es im Vorüberfahren lesen können.

A: Aber da – das – das ist ja dann ein Kilometer?

B: Ja, und?

A: Also gut, aber dann fangen wir am besten da drüben an, damit wir die ganze Mauer ausnützen können.

B: Ja. Und wenn es nicht reicht, nehmen wir die zwei Baracken da hinten dazu, und eventuell schreibe ich dahinter: »Unterbrechung. Bitte weiterlesen nach dem Haltepunkt Fasanenpark.«

Ein Zug rast vorbei. A und B werfen sich in Deckung.

B: Scheiße.

A: Wieso? Sind doch Toiletten –

B: Nein. Ich meine: hast du nichts gemerkt?

A: Nein, was? Eine S-Bahn ist vorbeigefahren.

B: Ja. Von hier nach dort. *Zeigt von rechts nach links.* Und ich wollte das Schriftband von da nach dort schreiben. *Zeigt von links nach rechts.* Wenn eine S-Bahn aus dieser Richtung kommt, dann können die Leute das Schriftband nicht lesen.

A: Dann schreib es andersherum.

B: Dann können es die aus der andern Richtung nicht lesen.

A: Dann schreib oben in der einen Richtung, drunter in der andern.

B: Du wolltest doch große Buchstaben, über die ganze Mauer, wenn ich dich recht verstanden habe?

A: Dann gibt es nur eine Möglichkeit. Der Text muß von vorn und hinten lesbar sein.

B: »Isolationsfolter« kann man von hinten nicht lesen.

A: »Ein Neger mit Gazelle zagt im Regen nie.«

B: Ich versteh' dich nicht?

A: »Ein Neger mit Gazelle zagt im Regen nie.«! Das kann man von vorn und hinten lesen.

B: Ehrlich?

A: Gib dein Gedicht her. Hast du einen Bleistift?
A schreibt den Satz auf die Rückseite des Gedichtes. B liest und prüft.

B: Tatsächlich. *Er wendet sich seinem Farbtopf und dem Pinsel zu und beginnt zu schreiben.* »EIN NEGER MIT GAZELLE ZAGT IM REGEN NIE.«

Auf dem Polizeirevier

PERSONEN: Polizist, 1. Dame, 2. Dame

Polizeirevier in der Vorstadt.
Ein Polizist sitzt da und schreibt. Zwei alte Damen kommen herein. Der Polizist bemerkt sie erst nicht, weil er so angestrengt schreibt. Die Damen warten ehrerbietig. Eine der Damen hat außer ihrer Handtasche noch eine Einkaufstasche bei sich, die sie der anderen geben will. Die Einkaufstasche geht – keine der beiden Damen will sie haben – ein paarmal hin und her. Es ist fast, als enthielte die Tasche eine Bombe. Die Tasche fällt zu Boden. Der Polizist wird aufmerksam.

1. DAME: Entschuldigen S' – *zur 2. Dame* – Warum nehmen S' es denn nicht? – nehmen S' es doch endlich –

2. DAME: Nehmen's doch Sie!

POLIZIST: Jetzt hab' ich Sie gar nicht bemerkt. Sind Sie schon lang da?
Der Polizist geht um seinen Tisch herum und tritt an den Tresen, der den Amtsraum in zwei Teile teilt. Die eine Dame hat die Tasche aufgehoben, will sie aber der anderen geben. Das Spiel von vorhin wiederholt sich. Der Polizist beobachtet es.

POLIZIST: Sie tun grad, als ob da eine Bomben drin wär'.
Die Damen kichern.

2. DAME: Gewissermaßen.
Der Polizist zuckt zurück.

2. DAME: Nein, nein – nur im übertragenen Sinn.

POLIZIST: So. Ja. Dann legen S' es doch endlich da her, sonst fällt's Ihnen noch ein paar Mal hinunter.

Die Dame, die die Tasche grad hat, legt sie auf den Tresen.

POLIZIST: Und – womit kann ich dienen?

1. DAME *zur 2. Dame*: Hören S' es? Ein höflicher Beamter. »Womit kann ich dienen?« *Zum Polizisten:* Sie sind aber ein höflicher Beamter –

POLIZIST *verlegen:* Na ja – man tut, was man kann. Wenn's nicht unbedingt sein muß, braucht man ja nicht unhöflich sein.

1. DAME: Mein Onkel war auch Polizist. Der war noch königlich-bayrischer Polizist. Mit einem Helm auf. Kalbsknie hat er geheißen –

2. Dame lacht.

1. DAME: Da brauchen S' gar nicht so dumm zu lachen.

2. DAME: Kalbsknie!

1. DAME: Die Kalbsknie sind eine alte, angesehene Familie aus Krautmoos. Eine alte Familie –

2. DAME: Kalbsknie!

1. DAME: Ich weiß gar nicht, was's da zum Lachen geben soll. Der halbe Ort dazumal hat Kalbsknie geheißen, in Krautmoos. Heut' sind s' fast ausgestorben. Aber dazumal war fast jeder Bürgermeister von Krautmoos ein Kalbsknie. Und der Weihbischof von Augsburg!

2. DAME: Auch ein Kalbsknie.

POLIZIST: Also – deswegen werden S' nicht aufs Polizeirevier kommen, wegen Ihrem Kalbsknie –

1. DAME: Nein. Nur, weil ich sagen wollte: der Onkel Adolf – Adolf hat er geheißen – war auch Polizist. So wie Sie. Aber eine andere Uniform selbstverständlich, eine ganz andere Uniform. Blau mit Rot et cetera, und

einen Helm, ein königlich-bayrischer Polizist. Kalbsknie, Adolf. *Zum Polizisten:* Sie werden ihn nicht mehr 'kannt haben? Nein. Sie sind ja viel zu jung dafür. Nein. Aber manchmal hab' ich ihm seine Jausen auf die Wache gebracht. Im Tal – da hint' – da war die Wache – da hinterm Tal – in der Straß'. Sie wissen schon. Da war ich noch ein ganz junges Madl – *kichert* – und da hat mich mei' Mutter selig oft hing'schickt, daß ich die Jausen bring', dem Onkel Adolf. Ich bin nicht ungern 'gangen, heut' kann ich's ja sagen, weil's so lang her ist, nicht ungern, weil immer so die feschen jungen Beamten dort waren, mit ihre Helm' – fesch waren s' schon mit die Helm' – golden und silbern – nicht, daß Sie nicht auch – ... quasi recht ansehnlich sind – aber Sie sind natürlich mehr grünlich und gelblich – also uniformmäßig, mein' ich, während der Onkel Adolf in Blau und Rot – und einen Säbel – na ja ... und manchmal bin ich da natürlich Zeugin einer Amtshandlung 'worden. Mei' – da hab' ich mich gar nicht vor'traut mit meim Haferl mit der Milzsuppen oder was halt grad war – mei' Lieber – da hat der Herr Onkel schon einen anderen Ton gehabt: »Wo kommen Sie her?« »Können Sie sich legitimieren?« »Name – Stand – Charakter –?« Mei' Lieber – da hab' ich den Herrn Onkel förmlich g'forchten. Ich bin ja seitdem nie mehr auf ein Polizeirevier nicht gekommen, da bin ich jetzt fast erschrocken: »– womit kann ich dienen!«

POLIZIST: Ja – aber: womit kann ich den Damen jetzt wirklich dienen?

2. DAME: Es handelt sich – also gewissermaßen handelt es sich – es handelt sich quasi um eine mehr oder weniger, wenn man so sagen kann – *sehr vertraulich:* sittliche Angelegenheit.

POLIZIST *lacht:* Schon ein merkwürdiger Name: Kalbshirn. Für einen Polizisten ein sehr merkwürdiger Name –

1. DAME: Kalbsknie.

POLIZIST: Wenn ich mir vorstell', daß ich Kalbshirn heißen tät' –

1. DAME: Kalbsknie.

POLIZIST: Oder Kalbsknie – nicht auszudenken; wie die Kollegen frotzeln täten. Kalbshirn. Dann heißen Sie auch Kalbshirn?

1. DAME: Nein. Das war doch ein Onkel von der Mutterseiten. Kalbsknie, außerdem. Nein. Meine Mutter war eine geborene Kalbsknie. Sie hat dann auf München herunter geheirat'. Perlmoser schreib' ich mich –

POLIZIST *es schüttelt ihn noch ein paarmal nach, er wird aber nach und nach ernster, nimmt wieder Amtsmiene an, beginnt zu notieren:* Frau Perlmoser, also –

1. DAME *spitz*: Fräulein Perlmoser –

POLIZIST: Pardon.

2. DAME, *die sich durch die brillantere Aufführung der 1. Dame schon seit längerer Zeit hintangesetzt fühlt:* Ich bin Frau Lurz. Ganz einfach g'schrieben.

1. DAME: Wie Lurch, nur mit z.

2. DAME: Jetzt hören S' mit dem alten Schmarrn auf.

1. DAME *erklärend zum Polizisten*: Sagen wir immer im Altersheim. Lurz – wie Lurch, nur mit z.

2. DAME *will gewaltsam das Thema wechseln:* Was wir anzuzeigen haben, ich und Fräul'n Perlmoser, ist gewissermaßen eine sittliche Angelegenheit. Deswegen hätten wir gern einen moralisch gefestigten Beamten gesprochen.

1. DAME: Ja. Einen moralisch gefestigten.

POLIZIST: So? Ja, wieso –?

2. DAME: Jaa – weil ... weil es gewissermaßen eine sittliche Angelegenheit ist.

1. DAME: Und weil wir uns sonst genieren. Ich und die Frau Lurz.

POLIZIST: Vor mir brauchen S' Ihnen nicht genieren. Das ist wie beim Doktor. Der Polizist ist – ist wie ein Doktor. Da brauchen S' kein Schamgefühl nicht haben.

1. DAME: Ja, aber – nachdem Sie so ein junger Beamter sind –

2. DAME: Ob nicht da ein älterer, gesetzter Herr besser wär für das, was wir zu sagen haben –

POLIZIST: Erstens sind, im Vertrauen gesagt, die älteren eher die schlimmeren. Und zweitens, wenn Sie wüßten, was man in sittlicher Hinsicht alles erlebt als Polizist!

1. DAME: Ja, so –

POLIZIST: Und drittens ist kein anderer nicht da, zur Zeit.

2. Dame: Ja, so –

1. DAME: Dann werden wir's halt Ihnen –

2. DAME: Also, dann passen S' auf –

1. DAME: Unterbrechen S' mich nicht, Frau Lurz. Herr Wachtmeister oder Inspektor oder wie man zu Ihnen sagen muß ... also der Mann, der betreffende Mensch –

2. DAME: Das ist kein Mensch, das ist ein Sittenstrolch, ein per – permess – perfos – per – ein – perserk –

1. DAME: Jetzt unterbrechen S' mich nicht immer. Dieser Mensch –

2. DAME: Sie bringen den jungen Mann völlig durcheinander –

1. DAME: Junger Mann? Daß ich nicht lach'! Mit so einer Platten? Der ist Ihnen gut und gern fünfundfünfzig –

Der Polizist fährt sich zweifelnd über seine Haare.

2. DAME *zeigt auf den Polizisten:* Ich mein' den jungen Mann. Den bringen S' ganz durcheinander, wenn S' nicht der Reihe nach erzählen. Also nämlich: Gegenüber von unserem Altersheim ist ein Park.

1. DAME: Das weiß doch der Herr Inspektor ...

POLIZIST: Das weiß ich nicht. Weil Sie mir noch nicht gesagt haben, von welchem Altersheim die Rede ist.

2. DAME: Vom Altersheim St. Adelgund. Da ist doch gegenüber der Park.

POLIZIST: Ja. Jetzt kommen wir der Sache schon näher. Altersheim St. Adelgund. Der Park. Ist mir geläufig.

2. DAME: – und in dem Park, respektive am Rand von dem Park, ist eine Bank –

1. DAME: Im Park sind auch Bänke, aber wir meinen nur die eine Bank, die wo vorn ist, also hervorne, zum Altersheim zu –

2. DAME: Das ist ja logisch. Auf der Bank –

1. DAME: Ich vermute, also ich und die Frau Lurz vermuten, daß der betreffende Mensch –

2. DAME: Ein pitto – petto – ein Sittenstrolch, ein pertroverser –

1. DAME: Er muß von der Post sein. Er kommt nämlich immer auf'm Radl, und das ist ein gelbes Radl, von der Post.

2. DAME: Ein Post-Radl.

1. DAME: Wahrscheinlich ein posteigenes Radl.

POLIZIST: Also jetzt versteh' ich gar nichts mehr –

2. DAME: Er kommt mit dem Radl. Meistens hat er einen grauen Kleppermantel an –

1. DAME: Immer.

2. DAME: Nicht immer. Einmal ist er in der Lederhosen 'kommen.

1. DAME: In der Lederhosen?

2. DAME: Das habe nur ich g'sehen. Sie nicht.

POLIZIST: Das ist ja wahrscheinlich unwichtig, was er angehabt hat –

2. DAME: Das ist eben schon wichtig, weil –

1. DAME: Weil –

Die beiden Damen schauen verlegen zu Boden.

POLIZIST: Weil? – was?

1. DAME: Eben. Er –

2. DAME: Er –

1. DAME: Er – wissen S' nicht, was wir meinen? Er ... *flüstert* ... er ist unter dem Kleppermantel ... un-be-kleidet!

2. DAME: Manchmal hat er aber eine Baskenmütze auf, wenn's schlechtes Wetter ist.

POLIZIST: Ach so – ein Exhibitionist?

2. DAME: Genau.

1. DAME: Ein Exi – exakt. Exihipp – exakt.

2. DAME: Was ist das?

POLIZIST *sachlich:* Gliedvorzeiger.

1. DAME: Was zeigt er vor?

2. DAME: Das kennen Sie nicht, weil Sie nicht verheiratet waren – ja, – genau –

1. DAME: So?! Sie meinen vielleicht, nur weil Sie verheiratet waren, hat eine andere keine Erinnerungen? Daß Sie Ihnen vielleicht nicht täuschen –

POLIZIST: Also, meine Damen – da sind wir der Sache ja schon erheblich näher gekommen. Es handelt sich also –

2. DAME: Um einen petroversen Dings-Vorzeiger.

1. DAME: Er setzt sich auf die Bank. Dann knöpfelt er den Kleppermantel auf –

2. DAME: – unter dem er unbekleidet ist –

1. DAME: – und dann ... also ekelhaft, kann ich Ihnen sagen.

POLIZIST *notiert:* Ist mir klar. Gut. Können Sie ihn beschreiben?

2. DAME: Sie werden doch von einer Dame nicht verlangen wollen, daß sie so was beschreibt!

POLIZIST: Ich meine den Mann!

2. DAME: Ach so – den Mann ...

1. DAME: Ach so –

POLIZIST: Groß – klein – dick – dünn – glattrasiert – Bart –

2. DAME: Ja, d a haben wir nicht so genau hingeschaut.

POLIZIST: Aus dem, was Sie bisher angegeben haben, entnehme ich, daß der Mann mehrmals Anstoß erregt hat –

1. DAME: 276mal.

2. DAME: 277. Bei der Lederhose haben Sie's ja nicht gesehen.

1. DAME: Datum und Uhrzeit haben wir notiert. Hier. *Sie nimmt ein dickes Buch aus der Tasche.* Da steht alles drin. Datum. Uhrzeit – alles.

POLIZIST *schlägt das Buch auf:* 277mal? Wie lang geht denn das schon?

2. DAME: Über ein Jahr!

POLIZIST: Da muß er ja fast jeden Tag gekommen sein?

1. DAME: Manchmal zweimal am Tag!

2. DAME: Bis zu dreimal. Ein paarmal hätten wir fast das Essen versäumt, weil wir ihn sonst nicht gesehen hätten.

Der Polizist merkt, daß noch etwas anderes, ein schwerer Gegenstand, in der Tasche ist.

POLIZIST: Was ist denn das?

1. DAME: Das Fernglas natürlich. Die Bank ist doch ganz weit weg.

2. DAME: Drüben im Park.

1. DAME: Auf der anderen Seiten vom Platz!

POLIZIST: Ja – so. Hm. Das wird sehr schwer sein – wenn Sie ihn – also den Mann nicht näher beschreiben können –

2. DAME: Von der Post ist er.

POLIZIST: Da gibt's natürlich unzählige, bei der Post.

1. DAME: Ich würde ihn sofort wiedererkennen – also ... wenn er – ich meine ... würde ich ihn sofort wiedererkennen –

2. DAME: So was vergißt man nicht.

POLIZIST: Wissen S' was – wir können jetzt im Augenblick gar nichts machen. Wenn er das nächste Mal kommt –

1. DAME: Das i s t es ja –

POLIZIST: Was?

1. DAME: Daß er jetzt schon drei Wochen nicht mehr gekommen ist.

2. DAME: Der Sittenstrolch, der pitroverse.

POLIZIST: Ach so. Na ja – dann wird er wahrscheinlich auch nicht mehr wiederkommen. Dann hat er was gemerkt.

1. DAME: Meinen Sie?

POLIZIST: Ich glaube, der kommt nicht mehr.

2. DAME: Ja, dann – dann kann man gar nichts machen?

Der Polizist packt das Buch und das Fernglas wieder in die Tasche, gibt sie den Damen, das Spiel mit der Tasche fängt wieder an.

POLIZIST: Da kann man gar nichts machen.

1. DAME: Ja – wenn man nichts machen kann –

2. DAME: Dann kann man nichts machen.

Der Polizist schüttelt bedauernd den Kopf.

1. DAME: Ja. Schade.

2. DAME: Dann gehen wir wieder.

1. DAME: Auf Wiedersehen.

POLIZIST: Auf Wiedersehen.

2. DAME: Auf Wiedersehen.

Die Damen gehen. Die 1. Dame streckt noch schnell den Kopf wieder zur Tür herein.

1. DAME *neckisch:* Entschuldigen S' die Störung.

Am Zoll

PERSONEN: Der Fahrer, der Zollbeamte

Eine kleine Grenzstation im Gebirge. Winter, tiefe Nacht. Der Fahrer kommt mit dem Auto herangefahren. Auf dem Dach des Autos ist ein Dachträger, darauf ein großer, mit einer Plane zugebundener, unförmiger Gegenstand.

ZOLLBEAMTER: Guten Abend. Paßkontrolle.
Der Fahrer reicht seinen Paß, Lichtbildseite aufgeschlagen, durch das Fenster.
FAHRER: Eine unangenehm kühle Nacht heute.
ZOLLBEAMTER: Wie bitte?
FAHRER: Kalt, habe ich gemeint, sehr kalt heute.
ZOLLBEAMTER: Was wollen Sie damit sagen?
FAHRER: Nichts. Nur, daß es kalt ist heute abend. Unangenehmer Dienst, stelle ich mir vor.
ZOLLBEAMTER *geht ums Auto herum:* Was ist denn das da oben?
FAHRER: Das da oben?
ZOLLBEAMTER: Natürlich das da oben.
FAHRER: Was ich da oben auf dem Wagen habe?
ZOLLBEAMTER: Natürlich.
FAHRER: Das sag' ich nicht gern.
ZOLLBEAMTER: Was soll das heißen?
FAHRER: Weil, nämlich, ich vermute, daß Sie es mir nicht glauben, respektive meinen, ich will Sie derblecken.
ZOLLBEAMTER: Also was ist das?

FAHRER: Soll ich es wirklich sagen?

ZOLLBEAMTER: Ja, Sie sollen es wirklich sagen, und zwar schnell.

FAHRER: Warum schnell?

ZOLLBEAMTER: Sagen Sie es mir jetzt oder nicht?

FAHRER: Schnell? Auf Ihre Verantwortung.

ZOLLBEAMTER: Herrschaftszeiten, mir reißt jetzt bald der Geduldsfaden!

FAHRER *sehr schnell, so schnell, daß man es nicht versteht:* Eine Sänfte.

ZOLLBEAMTER: Was?

FAHRER: Sie haben gesagt, ich soll's schnell sagen.

ZOLLBEAMTER: Herr!!

FAHRER: Also sag' ich's langsam. Aber auf Ihre Verantwortung: eine Sänfte.

Pause.

ZOLLBEAMTER: Eine was?

FAHRER: Sehen Sie? Sie glauben mir nicht. Ich hätte es besser nicht sagen sollen.

ZOLLBEAMTER: Eine was, bitte?

FAHRER: Sänfte.

ZOLLBEAMTER: Mein Herr, Sie haben ... ich bitte also jetzt, keine Witze ... beziehungsweise solche zu unterlassen. Sie haben ein amtliches Organ vor sich.

FAHRER: Ich weiß. Es ist aber trotzdem eine Sänfte.

ZOLLBEAMTER: Eine Sänfte?

FAHRER: Ja.

ZOLLBEAMTER: Das muß ich überprüfen.

FAHRER: Soll das heißen –

ZOLLBEAMTER: Ja.

FAHRER: Sie ist aber schwer. Ich weiß nicht, ob ich die dann wieder hinaufbringe, allein.

ZOLLBEAMTER: Die Sänfte muß herunter.

Der Fahrer steigt aus. Er beginnt sehr umständlich die Haltegurte aufzuschnallen. Der Zöllner schaut zunächst zu.

FAHRER: Herr ... Beamter, täten Sie bitte da drüben ha – a – a – *schreit, die Sänfte fällt fast, der Zöllner springt hinzu.* Vorsicht, nicht da, Sie zwicken sich.

ZOLLBEAMTER: Ich weiß, wo ich mich zwicke und wo ni – au – au – *hat sich gezwickt.*

Die Sänfte ist herunten. Der Zöllner bläst auf seinen gezwickten Finger.

FAHRER: Ich hab's Ihnen aber gesagt.

ZOLLBEAMTER: Sie mit Ihrer Scheißsänfte.

FAHRER: Darf ich mir jetzt bitte die Bemerkung erlauben, ohne daß Sie sofort gegen mich einschreiten, bitte, daß Sie jetzt bitte nicht besonders negativ ... zollnegativisch gegen mich sind, weil Sie sich gezwickt haben, obwohl ich nichts dafür kann, weil ich es Ihnen gesagt habe, und Sie haben doch hingelangt ...

Zöllner bläst immer noch.

FAHRER: Wäre sehr unangenehm für mich, obwohl psychologisch verständlich, wenn Sie jetzt Ihre Wut abreagierten.

ZOLLBEAMTER *wütend:* Ich habe keine Wut.

FAHRER: Zollbeamte sind auch nur Menschen, wenn ich mir den Ausdruck erlauben darf.

Zöllner hat aufgehört zu blasen. Er geht um die Sänfte herum.

ZOLLBEAMTER *wieder ruhiger:* So was habe ich noch nie gesehen.

FAHRER: Sind auch selten geworden.

ZOLLBEAMTER: Im Fernsehen schon. Bei die ›Drei Musketiere‹.

FAHRER: Ja früher, da hat man oft Sänften gesehen. Es hat

Zeiten gegeben, da hat man jeden Tag eine Sänfte gesehen, jede Stunde!

ZOLLBEAMTER: Früher.

FAHRER: Früher.

ZOLLBEAMTER: Vor dem Krieg, wahrscheinlich.

FAHRER: Welchen Krieg meinen Sie?

ZOLLBEAMTER: Den Krieg, den letzten.

FAHRER: Ach so. Nein, vor dem Sechsundsechziger Krieg.

ZOLLBEAMTER: War sechsundsechzig ein Krieg?

FAHRER: 1866.

ZOLLBEAMTER: Ach so. *Betrachtet die Sänfte.* Die müssen Sie verzollen.

FAHRER: Oje, oje.

ZOLLBEAMTER: Ja, da gibt's nichts. Die muß verzollt werden.

FAHRER: Und was kostet das?

Der Zöllner zieht ein Büchlein heraus und blättert, erst souverän, dann nervöser.

FAHRER: Was schaun S' denn jetzt nach?

ZOLLBEAMTER: Gehn S' weg hinter mir! Das ist ein dienstliches Buch.

FAHRER: Geht das nach dem Alphabet?

ZOLLBEAMTER: Nach was denn sonst. *Blättert immer noch.*

FAHRER: Wie schaun S' jetzt da nach? Unter S?

ZOLLBEAMTER: Gehn S' jetzt da weg hinter mir. – Sellerie, Selterswasser, Semmel, Senf, Sense ...

FAHRER: Steht nicht drin?

ZOLLBEAMTER: Semmel, Senf ... Senf wenn Sie hätten, das wäre einfach. Was über einen Kilo geht, elf Prozent.

FAHRER: Warum über ein Kilo?

ZOLLBEAMTER: Bis zu einem Kilo gilt Senf als Reiseproviant.

FAHRER: Jetzt hören S' auf. Ein Kilo Senf? Wissen Sie, wieviel ein Kilo Senf ist? Den möcht' ich sehen, der auf der Reise ein ganzes Kilo Senf ißt. Der kriegt ja Bauchweh. Der wird ja wahnsinnig. Ein Kilo Senf! Der muß ja ununterbrochen Senf essen. Das ist rein unmenschlich.

ZOLLBEAMTER: Bis ein Kilo gilt Senf als Reiseproviant, das ist eben so.

FAHRER: Also, selbst wenn ich aus, sagen wir, aus Indien komme. Und ich esse jeden Tag dreimal heiße Würstel, vorausgesetzt, man bekommt in der Wüste heiße Würstel, und ich streich' auf jedes Paar hundert Gramm Senf, dann ist das – *Der Fahrer rechnet lautlos.*

ZOLLBEAMTER: Sie brauchen gar nicht rechnen, denn Sie haben keinen Senf dabei, leider. Sonst wär's einfach.

FAHRER: Senf, sagen Sie?

ZOLLBEAMTER: Wieso, haben Sie Senf auch dabei?

FAHRER: Nein. Da haben Sie falsch nachgeschaut. Sä – ä – nfte. Mit ä, Sä – ä – nfte. Von sanft, weil man darin sanft –

ZOLLBEAMTER: Ach so. Da kann man lang suchen. *Schaut wieder im Büchlein nach.* Sand, Sandalen, Sanduhren, Saphire … Auch nicht.

FAHRER: Sanduhren. Immerhin. Sagen Sie, interessehalber. Was macht's bei einer Sanduhr? Ich hab' keine dabei, nur, das fängt mich jetzt zum Interessieren an.

ZOLLBEAMTER: Sanduhren. Elf Prozent.

FAHRER: Wenn die Sänfte nicht in Ihrem Bücherl steht –

ZOLLBEAMTER: Dann, meinen Sie, ist sie nicht zollpflichtig? Da haben Sie sich aber getäuscht. Hm. Früher, sagen Sie, hat es viele Sänften gegeben?

FAHRER: Ja, sehr viele.

ZOLLBEAMTER: Dann ist die Sänfte eine Antiquität. Haben wir gleich. *Schlägt im Büchel nach.* Antiquitäten, achtzehn Prozent.

FAHRER: Haha! Die Sänfte ist neu.

ZOLLBEAMTER: Wie?

FAHRER: Die Sänfte als Begriff, quasi, ist antiquarisch. Diese Sänfte ist neu, sogar, wenn Sie den Ausdruck erlauben, nagelneu. Ich habe sie mir machen lassen.

ZOLLBEAMTER: Eine neue Sänfte?

FAHRER: In Patsch bei Innsbruck. Da gibt es einen Schreiner, den kenn' ich, und der hat mir die Sänfte gemacht. Heute ist sie fertig geworden.

ZOLLBEAMTER: So, so. Sie haben sich also in Patsch bei Innsbruck eine Sänfte machen lassen.

FAHRER: Ja.

ZOLLBEAMTER: In Patsch bei Innsbruck.

FAHRER: Eben dort.

ZOLLBEAMTER: Und jetzt nehmen Sie sie mit in die Bundesrepublik Deutschland, über die Grenze.

FAHRER: Ja, denn es ist meine Sänfte.

ZOLLBEAMTER: Es geht mich ja nichts an. Aber hätten Sie nicht Ihre gottverfluchte Sänfte in Miesbach machen lassen können?

FAHRER: Wieso grad in Miesbach?

ZOLLBEAMTER: Oder nicht in Miesbach. Ist mir doch Wurst. In Traunwalchen oder Kaufbeuren oder irgendwo, wo Sie sie nicht über die Grenze hätten bringen müssen. Das hätte doch die Sache wesentlich vereinfacht.

FAHRER: Ich räume ein, daß das eine Möglichkeit gewesen wäre, bei näherem Nachdenken. Gewiß, das wäre eine Möglichkeit gewesen. Obwohl –

ZOLLBEAMTER: Oder haben Sie kein Vertrauen zu deutschen Schreinern?

FAHRER: Durchaus, nur – das sind alles Möglichkeiten. Die Wirklichkeit ist diese Sänfte.

ZOLLBEAMTER: Aus Patsch bei Innsbruck!

Die beiden betrachten die Sänfte.

ZOLLBEAMTER: Sie sind wohlweislich bei Nacht über die Grenze gefahren beziehungsweise haben fahren wollen. Wo die Grenzstation nur mit einem Mann besetzt ist. Sehr schlau. Und bei schneidender Kälte, wo der eine, haben Sie gemeint, nicht aus seinem Häuschen herausgeht. Nur so durchwinkt –

FAHRER: Nein, bitte –

ZOLLBEAMTER: Aber da haben Sie sich verrechnet. Mit so einem Monstrum kommen Sie ohne Kontrolle über keine Grenze.

FAHRER: Nein, bitte, das ist nicht wahr.

ZOLLBEAMTER: Natürlich ist es wahr.

FAHRER: Ich konnte nicht früher kommen.

ZOLLBEAMTER: Wenn man will, kann man alles.

FAHRER: Ich hatte in Innsbruck zu tun.

ZOLLBEAMTER: Ja, ja. In Innsbruck zu tun. Ich möchte wissen, was man in Innsbruck zu tun haben kann.

FAHRER: Bei Innsbruck, genauer gesagt.

ZOLLBEAMTER: So, so, bei Innsbruck. In Patsch bei Innsbruck.

FAHRER: Nein, in Igls.

ZOLLBEAMTER: Igls? Igls gibt's gar nicht.

FAHRER: Soll ich Ihnen etwas erzählen?

ZOLLBEAMTER: Sie erzählen mir dauernd schon etwas.

FAHRER: Aber unter dem Siegel der Verschwiegenheit. Dann wissen Sie nämlich, warum ich so spät an die Grenze komme.

ZOLLBEAMTER: Irgendwie müssen wir das Ding verzollen.

FAHRER: Ich habe nämlich eine böse Frau.

ZOLLBEAMTER: So, so. Ich auch.

FAHRER: Und in Igls lebt eine gewisse Frau Kranebitter, die hat einen bösen Mann.

ZOLLBEAMTER: Was hat das damit zu tun?

FAHRER: Ich habe gedacht, Sie verstehen jetzt schon alles. Ich bin, wie man so sagt, mit Frau Kranebitter quasi befreundet, wenn Sie wissen, was ich meine.

ZOLLBEAMTER: So, so, befreundet.

FAHRER: Ja, leider nur zwei- bis dreimal im Jahr. Es ist sehr schwierig, weil meine Frau nicht nur böse, sondern auch eifersüchtig ist. Wenn Sie wüßten, was ich alles für Ausreden gebrauchen muß. Zum Beispiel die Sänfte.

ZOLLBEAMTER: Aha! Drum haben Sie also die Sänfte in Patsch bei Innsbruck machen lassen.

FAHRER: Genau, genau.

ZOLLBEAMTER: Sie benutzen die Gelegenheit der Anfertigung dieser Sänfte, um –

FAHRER: Ja.

ZOLLBEAMTER: Zum außerehelichen Geschlechtsverkehr.

FAHRER: Wenn man so eine böse Frau hat wie ich. Soll ich Ihnen was erzählen?

ZOLLBEAMTER: Nein, nein, danke.

FAHRER: Soll ich Ihnen erzählen, was meine Frau bei ihrem Friseur über mich –

ZOLLBEAMTER: Nein, das interessiert mich nicht. Behalten Sie es für sich.

FAHRER: Ah – Sie haben selber Erfahrung in dieser Hinsicht?

ZOLLBEAMTER: Das geht Sie gar nichts an.

FAHRER: Pardon, ich habe nur gemeint, weil Sie gesagt haben, Sie hätten auch eine böse Frau.

ZOLLBEAMTER: Das alles erklärt aber noch lange nicht, warum Sie bei Nacht und Nebel und bei so einer Hundskälte über die Grenze wollen.

FAHRER: Für die Kälte kann ich nichts. So spät ist es geworden – sehen Sie, der Mann der Frau Kranebitter, also der Herr Kranebitter, ist auch nicht nur bös, sondern auch eifersüchtig. Außerdem hat er eine äußerst unangenehme Eigenschaft, eine störende Eigenschaft –

ZOLLBEAMTER: Fußschweiß?

FAHRER: Nein –

ZOLLBEAMTER: Jähzorn?

FAHRER: Nein –

ZOLLBEAMTER: Mundgeruch?

FAHRER: Nein –

ZOLLBEAMTER: Schizophren?

FAHRER: Nein –

ZOLLBEAMTER: Nationalsozialist?

FAHRER: Das war er, nein –

ZOLLBEAMTER: Scharfschütze?

FAHRER: Nein, er ist immer da. Fast immer. Fünfmal bin ich wegen der Sänfte zu meinem Tischler nach Patsch bei Innsbruck gefahren. Viermal war er da, der Herr Kranebitter. Zum Glück hat er Zeitung gelesen, seine Lieblingsbeschäftigung. Rosi konnte mir verstohlen durchs Fenster zuwinken. Das ist kein Leben. Verstehen Sie, was das heißt, man fährt durch Sturm und Regen, hundert Kilometer weit, nimmt Gefahren auf sich, bezahlt Benzin, hofft, bangt, bebt – und dann ist der Kranebitter doch da –

ZOLLBEAMTER: Und liest Zeitung.

FAHRER: Wenigstens das, sonst hätte mir Rosi nicht einmal zuwinken können.

ZOLLBEAMTER: Rosi ist, nehme ich an, Frau Kranebitter?

FAHRER: Sehr richtig.

ZOLLBEAMTER: Und heute –

FAHRER: Heute war er nicht da.

ZOLLBEAMTER: Sie werden hoffentlich nicht erwarten, daß ich Ihnen zu den Schweinereien, die Sie dann da getrieben haben, auch noch gratuliere.

FAHRER: Nein, aber Sie verstehen vielleicht, daß man doch dann die Zeit sozusagen ausnützt, daß es dann ein bißchen später wird, bis man an die Grenze kommt.

ZOLLBEAMTER: Und was sagen Sie Ihrer Frau?

FAHRER: Daß ich in Patsch bei Innsbruck war, die Sänfte holen.

ZOLLBEAMTER: Nein, ich meine, daß es so spät ist?

FAHRER: Ach ja, das ist einfach: daß ich auf dem Zoll so lang aufgehalten worden bin.

Zollbeamter ist einen Moment verblüfft – ist das eine Frechheit von dem Fahrer oder nicht? Ist das ein Mißbrauch des Zolles?

ZOLLBEAMTER: Zum Teufel. Wenn Sie Senf hätten! Wenn Sie die ganze Sänfte voll Senf hätten – dann müßten Sie den Senf verzollen, und die Sache hätte sich. Die Sänfte würde ich als Verpackung durchgehen lassen. Warten Sie einmal hier. *Für sich:* Blöde Sänfte.

Der Zöllner geht telephonieren. Man sieht ihn hinter einer Scheibe als Schatten. Er wählt, wartet, es ist niemand da. Er zögert, schaut im Telephonbuch nach, wählt, hält inne – zögert, soll er anrufen? Soll er nicht? Er wählt doch, er läßt es lang läuten, dann spricht er in devoter Haltung, aber nicht lange, zuckt, wie aus dem Telephonhörer heraus vom Blitz getroffen, zusammen, hängt dann unter mehrfachen Verbeugungen ein. Er kommt verstört wieder heraus.

FAHRER: Haben Sie rückgefragt?

ZOLLBEAMTER: Das geht Sie nichts an.

FAHRER: Es ist schon recht spät für eine Rückfrage.

ZOLLBEAMTER: Das ist meine Sache.

FAHRER: Irgendwie scheint Ihnen das Telephongespräch nahegegangen zu sein.

ZOLLBEAMTER: Der Oberinspektor war gar nicht da.

FAHRER: Aber der Finanzrat war da?

ZOLLBEAMTER: Wenn man in irgendeine schwierige Situation gerät, als Beamter, dann lassen einen die hohen Herren allein. Sonst schaffen sie an: Tun Sie das! Haben Sie das getan? Warum tun Sie das nicht? Aber wenn einer mit einer Sänfte kommt, dann ist man auf sich allein gestellt. Natürlich ist es halb zwei in der Nacht. Ich habe ja auch nicht gern angerufen. »Sie Känguruh.«

FAHRER *kriegt einen Lachanfall:* Känguruh? Hat er Sie genannt?

ZOLLBEAMTER: Was ist denn da komisch?

FAHRER: Rhinozeros, ja, oder Walroß – oder Büffel – oder Hornochse, aber: Sie Känguruh ...

ZOLLBEAMTER: Man muß sich allerhand bieten lassen. Schwamm darüber.

FAHRER: Unter »Tragstuhl« steht auch nichts in Ihrem Buch?

Zollbeamter schaut den Fahrer fragend an.

FAHRER: Eine andere Bezeichnung für Sänfte, nicht ganz, ein Tragstuhl wäre eher offen, eine offene Sänfte sozusagen, aber vielleicht –

ZOLLBEAMTER: Tragstuhl?

Fahrer nickt. Zollbeamter schaut kurz nach, schüttelt den Kopf.

ZOLLBEAMTER: Wissen Sie, »Känguruh«, das ist schon allerhand. »Sie Känguruh«. Bloß weil er Finanzrat ist und um halb zwei schon geschlafen hat. Am liebsten würde ich ihm eins auswischen.

FAHRER: Dem schlafenden Känguruh.

ZOLLBEAMTER: Eins auswischen. Ich wüßte nämlich schon wie. *Er blättert in seinem Büchlein.* Man muß mit vergleichbaren Gegenständen arbeiten, wenn man was nicht findet. Neulich hat einer einen Elefanten dabeigehabt, also nicht einer vom Zirkus oder so, da wäre es artistisches Gerät und somit zollfrei, nein, ein privater Mensch; einen Elefanten. Steht auch nicht drin. Sehen Sie: Eisen, Eis, Eiskaffee, Eismaschine, Elch, Elektromagneten – kein Elefant.

FAHRER: Elch schon.

ZOLLBEAMTER: Ja. Elch – aber ein Elefant ist natürlich kein Elch. Der Elch gehört zur Gattung der ... na ja, mehr der Horntiere, während der Elefant ein ... eben ein Rüsseltier ist. Zur Gattung der Rüsseltiere gehört. Das habe ich viel eleganter gemacht: der Elefant ist auch ein Fortbewegungsmittel. Also habe ich ihn als Fahrrad behandelt.

FAHRER: Was kostet ein Fahrrad Zoll?

ZOLLBEAMTER *schaut nach:* Fünf Prozent.

FAHRER: Fünf Prozent von was?

ZOLLBEAMTER: Vom Wert.

FAHRER: Und wenn es nichts wert ist?

ZOLLBEAMTER: Nichts ist nichts wert.

FAHRER: Aber wenn es absolut nichts wert ist. Verrostet, hin, kaputt, Plunder.

ZOLLBEAMTER: Dann wird der Wert geschätzt.

FAHRER: Auf was würden Sie die Sänfte schätzen, wenn sie ein Fahrrad wäre?

ZOLLBEAMTER: Sie meinen – ich soll wie bei dem Elefanten ... keine schlechte Idee ... »Sie Känguruh«. Ich werd' dir schon geben, Känguruh. Als Fahrrad ... hm. Wie oft waren Sie bei der Frau Kranebitter?

FAHRER: Nur einmal!

ZOLLBEAMTER: Ach so, ja. Hm. Fünfhundert.

FAHRER: Und davon fünf Prozent?

ZOLLBEAMTER: Mhm.

FAHRER: Sind Fünfundzwanzig.

ZOLLBEAMTER: Na ja.

FAHRER: Ehrlich gesagt, die Kosten für die Sänfte … das Benzin … die Pralinen für Frau Kranebitter – ich konnte ja auch nicht mit leeren Händen kommen – und dann noch 25 Mark. Ich verdiene mein Geld auch nicht im Schlaf.

ZOLLBEAMTER: Der Finanzrat weiß überhaupt nicht, was Nachtdienst ist. Der hat nie Nachtdienst.

FAHRER *voll Verständnis:* Aber einen Nachtdienstbeamten, der in Schwierigkeiten ist, ein Känguruh heißen!

ZOLLBEAMTER: Wenn Elch drinsteht … *Er blättert schnell im Büchlein.*

FAHRER: … steht vielleicht Känguruh …?

ZOLLBEAMTER: Nein. Leider.

FAHRER: Schade.

ZOLLBEAMTER: Ich könnte natürlich – die Sänfte als Känguruh behandeln, das wie ein Elch zu behandeln ist! *Er schlägt schnell nach* – Elch … – Elch …

FAHRER: Was kostet ein Elch?

ZOLLBEAMTER: Lebendig: 13,5 %, ausgestopft: pauschal zwischen 2 und 50 Mark, je nach Größe.

FAHRER *zeigt auf die Sänfte:* Als Elch wäre dieses Känguruh eher klein.

ZOLLBEAMTER: Richtig. Zwei Mark.

Der Fahrer zahlt. Der Zollbeamte gibt eine Quittung.

ZOLLBEAMTER *schreibt:* Kän – gu – ruh … So. Das ist für Sie. Mit Geduld löst man jedes Problem.

FAHRER: Und den Quittungsdurchschlag reiben Sie morgen dem Finanzrat unter die Nase!

ZOLLBEAMTER *lacht:* Känguruh.

FAHRER: Känguruh!

Im Reformhaus

PERSONEN: Der Verkäufer, die Kundin

Der Verkäufer schimpft, während die Kundin den Laden betritt, einem schon nicht mehr sichtbaren Kunden nach.

VERKÄUFER: Ja, langen S' nur alles an. Alles anlangen und nix kaufen. Bloß, weil Sie vielleicht meinen ... alles anlangen mit Ihrene Griffel. Woher soll ich denn wissen, wann Sie sich das letzte Mal die Händ' g'waschen haben? Ein so einer wie Sie, bloß, weil Sie vielleicht meinen, ein so einer wie Sie, der wo alles mit seine Griffel anlangt und dann nix kauft, der wäscht sich womöglich auch die Händ' nie. Von die Füß' gar nicht zu reden. Hammel g'stinkerter. *Er bemerkt die neue Kundin und fährt in ruhigerem Ton fort, während er Gemüsesteigen neu schichtet.* Weil's doch wahr is'. Sie wünschen, bitte? *Er gerät aber, ehe die Kundin den Mund aufmachen kann, wieder ins Schimpfen.* Die Äpfel da, die haben S' nicht ang'langt. Die haben S' vergessen zum Anlangen. Die wollen S' nicht vielleicht auch noch anlangen und nicht kaufen? Vielleicht wollen S' es mit Ihrene Füß' anlangen, weil die womöglich noch ung'waschener sind als wie Ihre Griffel ...?

KUNDIN: Der hört Sie doch schon längst nicht mehr.

VERKÄUFER *wieder in ruhigem Ton:* Weil's doch schon wahr auch ist. Bloß, weil er vielleicht meint ...

KUNDIN: Verzeihung bitte, haben Sie ...

VERKÄUFER: Ja, was, bitte?

KUNDIN: Wissen Sie, ich weiß nämlich nicht, ob es das überhaupt gibt. Ich bin nämlich noch nicht lang ... verstehen Sie, ich bin eigentlich überhaupt noch nicht ... ich meine: ich fange erst an, vielmehr: ich möchte erst anfangen. Biologisch-dynamisch.

VERKÄUFER: Jeder hat irgendwann einmal angefangen.

KUNDIN: Meinen Sie?

VERKÄUFER: Selbstverständlich. Schauen Sie mich an. Ich habe erst im Alter von neunundzwanzig Jahren zur naturgemäßen Ernährung gefunden.

KUNDIN: Ach, da schau her. Sehen Sie, das beruhigt mich.

VERKÄUFER *verfällt noch einmal in den lauten Ton:* Und dann kommt so ein Saubär und langt alles mit seine Griffel an, mit seine verlausten.

KUNDIN: Und vorher?

VERKÄUFER: Was vorher?

KUNDIN: Nein, ja, bevor Sie zur Biologisch-Dynamischen gefunden haben?

VERKÄUFER: Ach so. Davor. Ja, davor, da habe ich alles gegessen. Das heißt: alles essen tu' ich jetzt auch, nur eben biologisch-dynamisch.

KUNDIN: Mhm. Jeder, sagen Sie, hat einmal biologisch-dynamisch angefangen, irgendwann?

VERKÄUFER: Ja, jeder. Fast jeder. Selten, daß einer schon biologisch-dynamisch zur Welt kommt. Selten.

KUNDIN: Ich möchte – ich möchte heute biologisch-dynamisch anfangen. Das heißt: gestern abends, es war schon nach dem Abendessen, also leider eben noch kein biologisch-dynamisches Abendessen, mehr so ein Schweinernes. Sie verstehen, da habe ich eigentlich schon angefangen, respektive mein Schlüsselerlebnis gehabt. Ich lebe schon eigentlich seit gestern abends dynamisch-biologisch, bloß, daß ich nix 'gessen hab' seit gestern abends.

VERKÄUFER: Ja, das ist einfach. Wenn man überhaupt nichts ißt, dann ist es natürlich einfach, biologisch-dynamisch zu leben. Frühstücken tun Sie nichts?

KUNDIN: An und für sich schon. Nur heute habe ich nicht gefrühstückt, weil ich nichts Biologisch-Dynamisches daheim gehabt habe, logisch. Weil ja schon alle Läden zugehabt haben, auch die biologisch-dynamischen, weil es ja schon fast Mitternacht war, wie ich das Schlüsselerlebnis gehabt habe.

VERKÄUFER: Ein Schlüsselerlebnis?

KUNDIN: Ja, gell, das interessiert Sie. Mir ist nämlich eine Vase hinuntergefallen, das heißt, nein, ich muß es anders erzählen. *Sie macht dem Verkäufer den Vorgang vor.* Also, das hier ist das Vertiko. Noch von meiner Mutter selig, sozusagen Biedermeier. Und auf dem Vertiko liegt eine Decke, so ein Deckchen, wissen Sie. Auch von meiner Mutter selig. Mit Spitzen, in der Mitte steht: 11. April 1904, gestickt, in Rot, verstehen Sie? Und Rosen, auch gestickt. 11. April 1904, das war die Erstkommunion von meiner Mutter selig. Sehr hübsch also, wie eben so ein Erstkommunionkind stickt, gestickt hat, 1904. Und ich bleibe mit einem Knopf da, nein, ich stehe so da, verstehen Sie? Mit dem Rücken zum Vertiko, und da drehe ich mich um.

VERKÄUFER: Warum haben Sie sich umgedreht?

KUNDIN: Warum? Warum habe ich mich jetzt umgedreht. Ja, komisch. Jetzt werden Sie lachen. Ich weiß tatsächlich nicht mehr, warum ich mich umgedreht habe.

VERKÄUFER: Komisch. Normalerweise weiß man doch, warum man sich umdreht.

KUNDIN: Ja. Normalerweise weiß ich immer, warum ich

mich umdrehe. Aber in diesem Fall … also, ich kann mich nicht mehr darauf besinnen. Komisch.

VERKÄUFER: Komisch. Na ja, und was war dann –?

KUNDIN: Dann habe ich mich also umgedreht und bleibe – glauben Sie, da weiß ich doch wirklich nicht mehr, warum ich mich umgedreht habe – na ja, und bleibe mit dem Knopf von der Schürze in den Spitzen hängen, und ich ziehe quasi – verstehen Sie? – ziehe das Deckchen von meiner Mutter selig … ich habe vergessen: auf dem Deckchen steht die Vase, natürlich.

VERKÄUFER: Und die Vase fällt herunter.

KUNDIN: Eben, das heißt: eben nicht. Beziehungsweise ich höre die Vase fallen und denke – das sind ja alles nur Bruchteile von Sekunden in so Katastrophenfällen, es soll ja auch in der Todessekunde, habe ich gehört, das Leben blitzschnell vor dem inneren Auge vorüberziehen, denke ich also blitzschnell, während ich die Vase fallen höre: Jetzt bist du wahrscheinlich mit dem Knopf von der Schürze in dem Deckchen hängengeblieben, und die Vase fällt, um Gottes willen, was wird die Tante sagen, so eine alte Vase kann man womöglich mit Uhu gar nicht mehr kleben, außerdem sieht sie das, die Tante, wenn sie sonst auch nichts mehr sieht, habe ich mir alles blitzschnell gedacht, die ist beleidigt, daß es nur so raucht, habe ich mir gedacht – Sie kennen meine Tante nicht, sind Sie froh – wenn die Vase geklebt ist, und wenn sie am Ende nicht mehr geklebt werden kann, und sie ist weg, und sie fragt, die Tante, wo ist die Vase, und ich muß sagen, leider, die Vase ist hinuntergefallen, weil ich mit dem Knopf in dem Deckchen hängengeblieben bin und mich umgedreht habe … nicht auszudenken, was da die Tante sagen würde! Sie kennen meine Tante nicht. Und ich habe noch im Fallen, das heißt im Fallen der Vase, gedacht: heiliger Himmel, wenn ich die Vase erwische, und sie ist nicht hin, ernähre ich mich in Zukunft biologisch-dynamisch.

VERKÄUFER: Und?

KUNDIN: Ich habe sie noch im Fallen erwischt. So. Ich habe quasi nach hinten gelangt … und mich so halb gebückt, und – ich habe sie noch aufgefangen.

VERKÄUFER: Und nichts passiert?

KUNDIN: Nichts.

VERKÄUFER: Was es für Zufälle gibt, beziehungsweise, besser gesagt: Glücksfälle. Die schöne Vase.

KUNDIN: Nein, eine sehr scheußliche Vase.

VERKÄUFER: Ich habe gedacht, Sie waren froh, daß die Vase –

KUNDIN: Die Vase an sich ist scheußlich.

VERKÄUFER: Ach so.

KUNDIN: Nur wegen der Tante. Weil die Tante … weil es doch das Hochzeitsgeschenk der Tante für die Eltern war.

VERKÄUFER: Eine so scheußliche Vase zur Hochzeit, und dazu zur Hochzeit ihrer Eltern …

KUNDIN: Nicht ihrer Eltern; für meine Eltern.

VERKÄUFER: Für Ihre Eltern?

KUNDIN: Ja, im Vertrauen gesagt: meine Mutter selig hat immer gemeint, das war Absicht. Die häßliche Vase war Absicht. Weil nämlich die Tante, das ist nämlich die Schwester von meiner Mutter selig, und die hat ursprünglich gehofft, daß mein Vater, der da natürlich noch nicht mein Vater war, sondern ein sehr fescher Mensch, ein bissel klein, aber sehr fesch, ich könnte Ihnen die alten Photographien zeigen, daß der sie heiratet, die Tante, verstehen Sie? Er hat aber meine Mutter selig geheiratet, und da hat ihnen die Tante, hat meine Mutter selig immer gemeint, aus Rache die scheußliche Vase zur Hochzeit geschenkt.

VERKÄUFER: Sehr kleinlich.

KUNDIN: Äußerst kleinlich. Und immer hat sie gefragt, wenn sie auf Besuch gekommen ist, und sie ist oft auf Besuch gekommen: Wo ist denn meine Vase? Wo habt ihr denn meine Vase? Gefällt euch meine Vase nicht? Immer mußte die Vase auf einem Ehrenplatz stehen, sonst – habe die Ehre – mein Lieber! Na ja – noch auf dem Totenbett hat meine Mutter selig gesagt: Fanny, hat sie gesagt, Fanny heiße ich, also Franziska eigentlich, abgekürzt: Fanny; Fanny, hat sie gesagt, paß nur ja gut auf die Vase von der Tante auf. Das waren ihre letzten Worte. Stellen Sie sich vor!

VERKÄUFER: Ja, dann.

KUNDIN: Dann können Sie schon begreifen, daß man da quasi ein Gelübde ablegt. Und jetzt habe ich immer noch nicht gefrühstückt, weil ich ja nichts Biologisch-Dynamisches daheim hab'. Und da wollte ich Sie fragen: Haben Sie – ich meine, weil ich mich ja noch nicht auskenne: Gibt es biologisch-dynamische Schlagsahne?

VERKÄUFER: Biologisch-dynamische Schlagsahne?

KUNDIN: Ja.

VERKÄUFER: Ja, nein. Also: theoretisch schon. Sie müßten halt aus unserer biologisch-dynamischen Milch Sahne schlagen.

KUNDIN: Gott sei Dank. Ein Kaffee ohne Schlagsahne ... Gott sei Dank, ich habe schon gefürchtet, es gibt keine biologisch-dynamische Schlagsahne.

VERKÄUFER: So gut sieht die Tante?

KUNDIN: Sie sieht fast überhaupt nichts mehr. Früher ist sie wenigstens noch in falsche Straßenbahnen eingestiegen, weil sie die Nummern verwechselt hat. Jetzt –

mein Gott, ich könnte Ihnen ganze Romane erzählen – jetzt steigt sie in alles mögliche ein, was sie für eine Straßenbahn hält, so schlecht sieht sie.

VERKÄUFER: Aber die Vase –

KUNDIN: Jeden Sprung, jeden Kratzer – aus Bosheit, sage ich Ihnen.

VERKÄUFER: Ich kenne jemanden, der restauriert Antiquitäten. Es gibt heutzutage Klebstoffe –

KUNDIN: So einen Klebstoff, daß die Tante nicht sehen täte, daß die Vase geklebt ist, so einen Klebstoff gibt es auf der ganzen Welt nicht.

VERKÄUFER: Na ja. Kann schon sein; aber Sie hätten ja zum Beispiel sagen können: Sie hätten die Vase verliehen.

KUNDIN: Also ich bitte Sie – eine Vase verleihen. Einen Regenschirm, ja, ein Fahrrad, vielleicht – aber warum soll man eine Vase verleihen, wo doch alle Menschen eher zu viel als zu wenig Vasen haben? Haben Sie schon einmal eine Vase verliehen? Oder ausgeliehen?

VERKÄUFER: Sie hätten sagen können, zum Beispiel, daß Sie jemanden kennen, der – sagen wir: ein Firmenjubiläum hat, das fünfundzwanzigjährige Firmenjubiläum. Und der hat soviel Blumen bekommen, daß seine Vasen nicht ausgereicht haben, und dann haben Sie ihm –

KUNDIN: Nie! Nie! Nie glaubt sie das. Außerdem würde sie ständig fragen, wann ich die Vase endlich wieder zurückverlange.

VERKÄUFER: Ja, ja. Gott sei Dank ist sie ja nicht hinuntergefallen.

KUNDIN: Gott sei Dank. Sonst wäre ich ja nicht hier.

VERKÄUFER: Sonst würden Sie nicht meine Kundin.

KUNDIN: Richtig.

VERKÄUFER: Eigentlich verdanke ich Ihnen – also Sie – also ich Sie Ihrer Tante.

KUNDIN: Im Grunde genommen ja.

VERKÄUFER: Das nennt man Kausalität.

KUNDIN: Ja. Was es alles für Kausalitäten gibt.

VERKÄUFER: Was wollten Sie jetzt gleich wieder? Richtig, Milch. Selbstverständlich habe ich Milch da. Biologisch-dynamische Milch.

KUNDIN: Kennen Sie die Kühe?

VERKÄUFER: Nein. Wieso? Ach so – das ist garantiert, das ist quasi ein biologisch-dynamisches Landwirtschafts-Unternehmen – da gibt's nichts, was nicht Natur ist.

KUNDIN: Ja, schon. Aber ich will das jetzt schon sehr ernst nehmen. Die Milch wird nicht in Aluminium-Fässern transportiert? Womöglich?

VERKÄUFER: Ja – das – nein, nein. Selbstverständlich nicht. Die Milch wird in alte Holzfässer abgefüllt, in ganz alte Holzfässer.

KUNDIN: Dann bin ich schon beruhigt. Aber wissen Sie was, geben Sie mir doch den Apfel da, bitte. Mir fällt schon der Magen durch, weil ich ja noch nichts gegessen habe.

Der Verkäufer wiegt einen Apfel aus, packt ihn ein, die Kundin packt ihn wieder aus und ißt ihn.

KUNDIN: Und auch nicht mit der Melkmaschine?

VERKÄUFER: Was?

KUNDIN: Die Milch?

VERKÄUFER: Nein, nein, keinesfalls. Die Milch ist handgemolken.

KUNDIN: Ja. Das erwartet man ja schließlich auch von biologisch-dynamischer Milch. Und wie ist es mit dem Füttern?

VERKÄUFER: Handgefüttert.

KUNDIN: Ja, schon, aber hoffentlich wird das Gras nicht mit Metallheugabeln vorgeschüttet.

VERKÄUFER: Die Heugabeln dort sind aus Holz.

KUNDIN: Der Stiel ja. Aber auch die Zinken?

VERKÄUFER: Auch die Zinken. Das sind ganz alte, handgeschnitzte Heugabeln. Da möchte sich manches Museum alle zehn Finger abschlecken, wenn es solche Gabeln hätte. Die reinsten Kunstwerke.

KUNDIN: Hoffentlich nicht bemalt?

VERKÄUFER: Nein, nein – nur: nur im Stiel sind die Initialen eingebrannt. H. F. und die Jahreszahl, ich glaube 1776.

KUNDIN: Und was für Gras fressen die Kühe?

VERKÄUFER: Biologisch-dynamisches.

KUNDIN: Nur biologisch-dynamisches?

VERKÄUFER: Ausschließlich. Die haben extra Wiesen, die sind naturgedüngt.

KUNDIN: Aber wenn eine Kuh ... wissen Sie, ich kenne das. Ich war oft mit der Kinderlandverschickung auf dem Land, ist natürlich schon länger her. Die Kühe können ungeheuer weit den Hals recken. Daß da nicht eine Kuh auf die andere Wiese, durch den Zaun, wo nicht biologisch-dynamisch gedüngt ist, zufällig –

VERKÄUFER: Ausgeschlossen. Dort ist weitum alles naturgedüngt. Und zur Sicherheit ist neben der Wiese immer noch ein Streifen, ein naturgedüngter Streifen, der ist breiter als der Hals der Kuh lang –

KUNDIN: Und mit was wird gedüngt?

VERKÄUFER *verlegen:* Ja – mit – mit Dünger.

KUNDIN: Naturdünger?

VERKÄUFER: Selbstverständlich.

KUNDIN: Und wer – ich meine – woher –

VERKÄUFER: Ach so – Sie meinen – ja, das sind – also jedenfalls biologisch-dynamisch ernährte Menschen.

KUNDIN: Woher weiß man das?

VERKÄUFER: Die sind vereidigt.

KUNDIN: Und das Klosettpapier?

VERKÄUFER: Die haben ein spezielles, aus rückstandlos verwesendem Material hergestelltes Klosettpapier.

KUNDIN: Biologisch-dynamisches?

VERKÄUFER: Ja.

KUNDIN: Ich trinke auch keinen Alkohol mehr.

VERKÄUFER: Das würde auch überhaupt nicht zur biologisch-dynamischen Ernährung passen.

KUNDIN: Mein Vater hat immer gesagt: Wer Vegetarier ist, der sinkt eines Tages auch noch zum Antialkoholiker herab. Stellen Sie sich vor, hat mein Vater gesagt, vor uns Kindern!

VERKÄUFER: Unverantwortlich.

KUNDIN: Soll ich auch – ich meine, ich kenne mich ja noch nicht aus – was raten Sie mir: Soll ich auch Vegetarierin werden?

VERKÄUFER: Also, wenn Sie mich fragen: Das empfiehlt sich unbedingt.

KUNDIN: Ja, das habe ich mir auch gedacht. Sind Sie Vegetarier?

VERKÄUFER: Ich? Ich bin schon lang Vegetarier. Ich bin ein rücksichtsloser Vegetarier. Ich bin ein Vegetarier, von dem sich andere Vegetarier eine Scheibe abschneiden könnten. Ich bin quasi ein Vegetarier strengster Observanz, ich gehöre sozusagen zu den Unbeschuhten Vegetariern –

KUNDIN: Ach – dann gibt es also verschiedene Vegetarier?

VERKÄUFER: Verschieden ist gar kein Ausdruck. Das sind

himmelhohe Unterschiede. Zum Beispiel: Da gibt es welche, die essen Eier.

KUNDIN: Eier?

VERKÄUFER: Das lehne ich ab. Eier sind in gewissem Sinn Tiere. Die Vegetarier, die Eier essen, argumentieren: Sie essen nur, was die Tiere freiwillig hergeben. Glauben Sie, daß die Hühner die Eier freiwillig hergeben? Wegnehmen tun sie sie ihnen. Von freiwillig kann überhaupt keine Rede sein.

KUNDIN: Mein Vater selig hat immer gesagt: Er ist auch Vegetarier. Indirekter Vegetarier. Er ißt nur Fleisch von pflanzenfressenden Tieren. Rindviecher, Schweine, Karpfen, Hasen. Aber Löwen und Tiger, hat er immer gesagt, lehnt er ab.

VERKÄUFER: Also so was habe ich noch nie gehört.

KUNDIN: Ja, er hat gesagt: Eine Kuh, zum Beispiel, die das Rindfleisch abgibt, was er am liebsten gegessen hat, in Dillsauce mit Salzkartoffeln, die Kuh frißt Gras. Sie besteht also sozusagen aus Gras. Wenn er einen Tafelspitz ißt, hat mein Vater selig immer gesagt, ißt er Gras im übertragenen Sinn. Sogar in der Bibel steht das, hat er gesagt, mein Vater selig: »Denn alles Fleisch, es ist wie Gras«, Erster Petrusbrief, 1, 24.

VERKÄUFER: Aber da könnte er auch – also ein Löwe, der frißt Antilopen. Die Antilopen fressen Gras –

KUNDIN: Nein, nein. Da war er streng. Löwen – nein.

VERKÄUFER: Hecht?

KUNDIN: Hecht?

VERKÄUFER: Hecht ist ein Raubtier. Hecht frißt nur andere Fische.

KUNDIN: Wirklich. Ja, mein Gott. Das hat mein Vater selig sicher nicht gewußt. Obwohl, im Vertrauen gesagt, auch wenn er's gewußt hätte – ich fürchte, da hätte er eine Ausnahme gemacht, weil ihm die Hecht' gar so g'schmeckt haben, in Wurzelsud. Mit Selleriesalat.

VERKÄUFER: Dann haben ihm Löwen wahrscheinlich nur nicht geschmeckt.

KUNDIN: Ich glaube, er hat's nie probiert.

VERKÄUFER: Es gibt natürlich Vegetarier, denen schmeckt Fleisch nicht. Die haben's einfach. Die tun sich sehr leicht. Ich sage immer: Die sind gar keine echten Vegetarier. Wenn mir Leinsamen und Löwenzahn schmeckt – dann ist das doch keine Kunst, oder?

KUNDIN: Ihnen schmeckt's nicht?

VERKÄUFER: Ich gehöre zu den strengsten Vegetariern. Ich ess' nur, was mir nicht schmeckt.

KUNDIN: Mei, soweit möcht' ich's auch einmal bringen.

VERKÄUFER: Jeder kann es soweit bringen, wenn er nur will.

KUNDIN: Jetzt, sagen Sie, da habe ich eine Frage: Die Pflanzen, die Sie essen, tun Ihnen eigentlich nicht leid?

VERKÄUFER: Nein, wieso?

KUNDIN: Ich meine halt nur, eine Pflanze kann sich überhaupt nicht wehren. Eine Kuh kann theoretisch davonlaufen –

VERKÄUFER: Die fangen sie immer wieder ein.

KUNDIN: Schon, aber probieren kann sie's wenigstens. Ein Kohlrabi nicht.

VERKÄUFER: Aber irgend etwas muß ich doch essen?

KUNDIN: Ich meine nur: Auch die Pflanze hat ein Recht auf Leben.

VERKÄUFER: Das ist mir ganz neu.

KUNDIN: Sehn S', da bin ich direkt froh, daß ich Ihnen auch was Neues sagen kann.

VERKÄUFER: Die Pflanze hat auch –

KUNDIN: Ob Sie in eine Kuh beißen, also im übertragenen Sinn, oder in einen Erdäpfel –

VERKÄUFER: Was soll ich denn dann essen?

KUNDIN: Ich stelle mir vor, ein ganz strenger Vegetarier, der ißt –

VERKÄUFER: Fliegen?

KUNDIN: Aber nur solche, die nicht mit Gift gespritzt worden sind.

VERKÄUFER: Fliegen sind auch Tiere.

KUNDIN: Fliegen sind Ungeziefer.

VERKÄUFER: Ungeziefer sind auch Tiere.

KUNDIN: Pappendeckel könnten S' essen. Weichen Pappendeckel, mit Salz. Salz ist weder Tier noch Pflanze.

VERKÄUFER: Und woraus wird Pappendeckel gemacht? Aus Holz. Holz ist Pflanze.

KUNDIN: Es gibt auch holzfreien Pappendeckel. Das ist sogar der bessere.

VERKÄUFER: Ich – das – das – Sie haben mich jetzt –

KUNDIN: Ja, das Leben ist schwer, wenn man darüber nachzudenken anfängt. Was macht jetzt die biologisch-dynamische Milch?

VERKÄUFER: Eins-vierzig.

KUNDIN: Und der Apfel?

VERKÄUFER: Richtig, den hätt' ich jetzt fast vergessen.

Die Kundin zahlt, der Verkäufer gibt heraus.

KUNDIN: Ja, danke.

VERKÄUFER: Danke auch.

KUNDIN: Viel G'schäft haben S' heut' noch nicht gemacht?

VERKÄUFER: Nein.

KUNDIN: Ich meine nur, weil die ganze Zeit niemand gekommen ist, sonst.

VERKÄUFER: Oft kommt den ganzen Tag niemand.

KUNDIN: Ja, mein Gott, den ganzen Tag niemand?

VERKÄUFER: Die Lage ist schlecht.

KUNDIN: Heutzutag' ist die Lage überall schlecht.

VERKÄUFER: Vielleicht kommt das davon, weil der Mensch schlecht ist.

KUNDIN: Mein Vater selig hat immer gesagt: Das eigentliche Vieh ist der Mensch.

VERKÄUFER: In dem Fall scheint Ihr Vater selig recht gehabt zu haben. Obwohl ich ihm in seinen sonstigen Ansichten nicht folgen kann.

KUNDIN: Das eigentliche Vieh ist der Mensch.

VERKÄUFER: Beehren S' mich bald wieder.

Die Kundin geht. Der Verkäufer schaut ihr betreten nach, dann nimmt er ein Kartonschälchen, in dem sonst Erdbeeren oder dergleichen verkauft werden, schaut es lange an, salzt es und beißt hinein.

Im Park

PERSONEN: Ein Mann, Berndi, ein Bub von fünf Jahren (stumme Rolle), ein Polizist

Nacht. Auf einer Parkbank sitzt der Mann, er hält das Kind, das schläft. Der Polizist kommt.

POLIZIST: Sie, he – was machen Sie mit dem Kind da in der Nacht?

MANN: Berndi, steh auf, wir müssen gehen.

POLIZIST: Nein, Sie bleiben da. Ich möcht' z'erst wissen, was Sie mit dem Kind da machen. Berndi heißt er?

MANN: Ja.

POLIZIST: Sie können doch nicht mitten in der Nacht mit einem Kind auf einer Parkbank sitzen. Halbe drei.

MANN: Ja. Nein. Berndi, steh auf –

POLIZIST: Und überhaupt – wie kommen S' denn zu dem Kind?

MANN: Ja, mei. Wie man eben zu einem Kind kommt, nicht wahr.

POLIZIST: Das ist doch nicht Ihr Kind. Mit dem eigenen Kind sitzt man doch nicht auf einer Parkbank um halbe drei in der Nacht.

MANN: Nein, ja doch. Das heißt: schon, aber gewissermaßen doch nicht.

POLIZIST: Hauchen S' mich einmal an. *Der Mann haucht.* Betrunken sind Sie nicht!

MANN: Nein.

POLIZIST: Ist das Ihr Kind?

MANN: Nein, das heißt: ja. Im Moment gehört es mir. Noch.

POLIZIST: Wo wohnt das Kind?

MANN: Das Kind wohnt sozusagen im Augenblick überhaupt nicht. Gestern hat es gewohnt, morgen –

POLIZIST: Wie lange ist das Kind schon bei Ihnen?

MANN: Das Kind da?

POLIZIST: Selbstverständlich das Kind da. Was meinen S' denn, von was ich sonst red'. Wie lange haben Sie dieses Kind schon bei sich?

MANN: Seit – seit Geburt. Also: seit seiner Geburt. Mit Unterbrechungen.

POLIZIST: Aber Sie werden mir doch nicht weismachen wollen, daß das Kind hier auf der Parkbank zur Welt gekommen ist. Das Kind ist doch sechs Jahre alt, schätze ich.

MANN: Fünf.

POLIZIST: Auch fünf Jahre lang kann man nicht auf einer Parkbank sitzen.

MANN: Auf der Bank sitzen wir erst seit elf Uhr.

POLIZIST: Und wo waren Sie vorher?

MANN: In der »Wolfgangseiche«.

POLIZIST: Wo?

MANN: Das ist eine Gastwirtschaft.

POLIZIST: Ach so.

MANN: Aber da darf man mit einem Kind nicht bleiben bis elf Uhr, bis zehn Uhr schon nicht, glaube ich.

POLIZIST: Das glaube ich allerdings auch. Und zwar mit Recht.

MANN: Ja, ja. Deswegen sind wir ja auch gegangen aus der »Wolfgangseiche«.

POLIZIST: Haben Sie denn keine Wohnung?

MANN: Doch.

POLIZIST: Also Sie sind der Vater des Kindes und haben eine Wohnung?

MANN: Ja.

POLIZIST: Und die Wohnung ist – ja, ist Ihnen gekündigt worden oder – oder abgebrannt? Man bringt ja aus Ihnen nichts heraus. Sie haben eh' ein Glück, daß Sie mir begegnet sind. Ein anderer hätte Sie stante pede für einen Sittlichkeitsverbrecher gehalten.

MANN: Ja, das – das halte ich auch für möglich.

POLIZIST: Jetzt kommen S'. Sie sehen doch, das ist doch Unsinn. Mitten in der Nacht mit dem Kind im Park, und Sie sind noch nicht einmal betrunken. Jetzt kommen S', jetzt gehen S' heim.

MANN: Das geht leider nicht.

POLIZIST: Warum nicht?

MANN: Weil ich – weil also wir, also er, der Berndi, und ich, weil wir schon nachmittags nicht in unsere Wohnung können haben.

POLIZIST: So. Haben Sie den Schlüssel vergessen?

MANN: Nein, nein, den Schlüssel habe ich schon bei mir. Es ist wegen – es ist wegen der Mutter.

POLIZIST: Wegen welcher Mutter? Ihrer Mutter?

MANN *deutet auf das Kind:* Wegen seiner Mutter.

POLIZIST: Wegen Ihrer Frau?

MANN: Nein. Seine Mutter ist nicht meine Frau, also: war meine Frau, jetzt nicht mehr. *Leise, damit der Bub es ja nicht hört:* Gott sei Dank.

POLIZIST: Ach so – Sie sind geschieden.

MANN: Ja. Seit zwei Jahr'.

POLIZIST: Na ja. Das kommt vor. Aber was – aber wie, meine ich, hängt das damit zusammen, daß Sie mit dem Buben da mitten in der Nacht –

MANN: Wenn ich's Ihnen doch sag'. Wie ich ihn, den Berndi, nachmittags aus dem Kindergarten geholt hab' –

POLIZIST: Der ist nachmittags im Kindergarten?

MANN: Ja freilich, wo denn sonst. Ich muß doch in die Arbeit.

POLIZIST: Ach so – das Kind ist also bei Ihnen, ich meine, es ist Ihnen zugesprochen worden nach der Scheidung?

MANN: Zugesprochen ist zuviel gesagt. Sie hat es halt nicht mitgenommen, wie sie weg ist.

POLIZIST: Mhm.

MANN: Zugesprochen ist er mir nicht worden, also ausdrücklich.

POLIZIST: Ich verstehe.

MANN: Eben. Drum sind wir hier.

POLIZIST: Ich verstehe – damit habe ich gemeint, daß ich verstehe, daß Ihnen das Kind nicht ausdrücklich zugesprochen worden ist. Damit verstehe ich lang noch nicht, warum Sie hier sitzen.

MANN: Ach so. Ich habe gemeint, Sie verstehen jetzt schon alles. Ja, nein. Also, wie wir vom Kindergarten heimgekommen sind, also heimkommen wollten, genauer gesagt, wir sind nur vorn ums Eck, also vielmehr hinten ums Eck, je nachdem von wo man kommt, kennen Sie das Eck?

POLIZIST: Wie soll ich jetzt das Eck kennen –?

MANN: Wo die Frau Pieger ihren Milchladen hat –

POLIZIST: Ich kenne eine Frau Pieger, die hat aber keinen Milchladen, die habe ich einmal festgenommen, weil sie einen Hund geschlachtet hat. Das war 1946.

MANN: Ist das verboten, einen Hund zu schlachten?

POLIZIST: Nein, aber sie hat ihn nicht aufgetrieben, zur Fleischbeschau. Auch ein Hund muß einen Trichinenstempel haben, bevor man'n frißt – ißt, wollt' ich sagen.

MANN: Ach so –

POLIZIST: Das war 1946. In der schlechten Zeit, verstehen Sie? Da haben Sie auch schon einen Hund 'gessen, ohne daß Sie's wissen. Diese Frau Pieger aber war keine Milchfrau, das war eine Hebamme.

MANN: Eine Hebamme – die ihren Hund frißt – ißt wollte ich sagen?

POLIZIST: Es war gar nicht ihr Hund. Es war der Hund von ihrem Hausherrn. Aber der hat weiter nichts angezeigt, und so weiter, sonst wär's ein Diebstahl auch noch gewesen, nicht nur Verstoß gegen die Fleischbeschau-Verordnung. Da ist allerhand vorgekommen, 1946.

MANN: Wahrscheinlich war der Hausherr froh, daß der Hund weg war. 1946. Da war's nicht einfach, einen Hund durchzufüttern.

POLIZIST: Wahrscheinlich war er froh. Den Eindruck hatte ich auch, damals. *Wieder streng:* Aber was ist jetzt mit dem Buben –?

MANN: Ja, nein. Wie wir bei dem Milchladen von der Frau Pieger ums Eck sind, also wollten, genau gesagt, haben wir gesehen, wie er dort steht.

POLIZIST: Wer?

MANN: Der Gerichtsvollzieher.

POLIZIST: Der Gerichtsvollzieher?

MANN: Ja, und sie. Seine Mutter. Nicht dem Gerichtsvollzieher seine Mutter, die kenn' ich nicht. Seine Mutter, dem Berndi seine Mutter. Die habe ich übrigens auch fast nicht erkannt, weil sie jetzt ganz blonde Haare hat. Aber ich hab' sie dann doch erkannt.

POLIZIST: Mhm. Und dann –

MANN: Dann sind wir umgedreht.
POLIZIST: In die »Wolfgangseiche«.
MANN: Nein, erst ins Kino. Laurel und Hardy. Sollst noch einmal eine Freud' haben, Berndi, hab' ich g'sagt.
POLIZIST: Die Mutter will ihn holen?
MANN: Ja.
POLIZIST: Mit'm Gerichtsvollzieher?
MANN: Ja.
POLIZIST: Warum mit'm Gerichtsvollzieher?
MANN: Weil ich'n freiwillig nicht hergeb', den Berndi.
POLIZIST: Na ja. Wenn S' ihn jetzt zwei Jahr' aufgezogen haben ...
MANN: Ja.
POLIZIST: Zwei Jahre. Das ist für das Kind das halbe Leben, sozusagen, fast.
MANN: Fast.
POLIZIST: Und – ich meine, seit – also seitdem, daß Ihre ehemalige Frau – hat sie sich um den Berndi –
MANN: Nein, nie.
POLIZIST: Hm. Dann kennt er sie ja gar nicht mehr.
MANN: Hab' s' ich ja schon fast nicht mehr erkannt.
Kurze Pause.
POLIZIST: Sie hat wahrscheinlich einen Beschluß vom Gericht?
MANN: Ja.
POLIZIST: Ja, ja. Sonst könnt' s' ja nicht mit'm Gerichtsvollzieher kommen.
MANN: Ja. »Seit in den persönlichen Verhältnissen der Antragstellerin durch Eheschließung eine gewisse Konsolidierung eingetreten ist, steht einer diesbezüglichen Entscheidung nichts mehr im Wege.«
POLIZIST: Diesbezüglichen.
MANN: Ja, diesbezüglichen.

POLIZIST: »Das Wohl des Kindes erfordert ...«? Et cetera?

MANN: Ja.

POLIZIST: Ja. Kennen wir.

MANN: »Auch das vom Gericht angezogene psychologische Gutachten kommt zu dem Schluß ...«

POLIZIST: Angezogene ...?

MANN: Ja.

POLIZIST: Ein psychologisches Gutachten?

MANN: Ja, aber das muß die Psychologin irgendwie verwechselt haben. Die hat den Buben überhaupt nie gesehen!.

POLIZIST: Eine Psychologin?

MANN: Ja, eine gewisse Frau Linz oder so.

POLIZIST: Eine, wo nicht selber spinnt, studiert so was gar nicht, wenn S' mich fragen.

MANN: Wenn s' spinnt, wär' mir das gleich. Nur: ich hab' mich erkundigt. Der Herr Linz oder so, der ist der Dame, also der Psychologin vielmehr, davongelaufen.

POLIZIST: Seitdem macht sie Gutachten für die Mütter.

MANN: Ja.

POLIZIST: Na ja. Und was wollen S' jetzt machen?

MANN: Gar nichts. Die Nacht, hab' ich mir gedacht, bleibt der Berndi noch bei mir. Morgen früh, natürlich, da muß ich 'n in Kindergarten bringen.

POLIZIST: Weil Sie in die Arbeit müssen.

MANN: Ja.

POLIZIST: Und dann holt s'n.

MANN: Ja.

Kurze Pause.

POLIZIST: Also, wegen mir – wegen mir können S' ja sitzen bleiben, so lang S' wollen. Aber wenn ein Kollege vorbeikommt, ein junger womöglich, der halt Sie glatt für einen Sittlichkeitsverbrecher.

MANN: Wo soll ich denn hin?

POLIZIST: Der Gerichtsvollzieher wird doch nicht die ganze Nacht dortstehen.

MANN: Doch. Das hat mir die Frau Pieger noch schnell gesagt.

POLIZIST: Woher weiß das die Frau Pieger?

MANN: Weil der Gerichtsvollzieher und seine Mutter, also dem Berndi seine Mutter, vorher bei der Frau Pieger gefragt haben, wo wir wohnen. Und da hat die Frau Pieger gehört, wie der Gerichtsvollzieher dann vor dem Laden zu seiner Mutter gesagt hat: Einmal muß er heimkommen, da warten wir eben, und wenn es die ganze Nacht ist.

POLIZIST: Haben S' einen Ausweis dabei?

MANN: Ja, hier –

POLIZIST: Nein, lassen S'. Ich glaub's Ihnen. *Fast für sich:* So was erfindet man nicht. *Wieder lauter:* Auch vom Buben?

MANN: Ja.

POLIZIST: Dann – also wenn ein Kollege kommt, dann zeigen S' ihm halt gleich beide Ausweise, verstehn S'? Damit er nicht meint, daß Sie ein Sittlichkeitsverbrecher sind.

MANN: Ja, danke.

POLIZIST: Ja, ja, bitte. Und – fünf Jahre ist er alt?

MANN: Ja.

POLIZIST: Mit achtzehn werden s' volljährig, heutzutag'. Früher mit einundzwanzig, jetzt mit achtzehn. Dann kann er ja zu Ihnen wieder, ohne daß sie was machen kann.

MANN: Das sind dreizehn Jahr'.

POLIZIST: Ja, lang ist's schon. Aber auch dreizehn Jahr' vergehen.

MANN: In dreizehn Jahr'. In dreizehn Jahr' kennt ja der Berndi mich nimmer.

POLIZIST: Ja, ja, das könnte natürlich schon sein.

MANN: Ja, das wird so sein.

POLIZIST: Muß aber nicht.

MANN: Muß nicht, aber wahrscheinlich ist's schon.

POLIZIST: Ja, ja – also – wie g'sagt: Zeigen S' sofort die Ausweise, wenn ein Kollege kommt.

MANN: Ja, danke.

POLIZIST: Bitte. Und dann – gute Nacht, noch.

MANN: Danke, gute Nacht.

POLIZIST: Gute Nacht.

Internationale Beziehungen

PERSONEN: Min.-Rat Dr. Prügl, Frau Dessmann, Min.-Rat Düblkopf, Snurre Snurreson, ein färöerischer Ober-Richter, Carina, Netty, Barkeeper (stumme Rolle), Nutte

I.

Dienstraum von Min.-Rat Dr. Prügl. Das Telephon läutet.

PRÜGL *hebt ab:* Prügl. *Springt im Geist auf.* Herr Staatsminister – Färöer? – Ja. Färöer. Muß ehrlicherweise einräumen, daß ich im Augenblick nicht weiß, wo – Ja, werde mich unverzüglich sachkundig machen. – Ist mir natürlich eine Ehre, und werde das Vertrauen zu rechtfertigen versuchen. – Herzlichen Dank. – Auf Wiederhören, Herr Staatsminister, auf Wiederhören. *Hängt ein und läßt die Luft ab, dann steht er auf, reißt die Tür zum Nebenzimmer auf und schreit hinaus.* Frau Dessmann, bitte gehen Sie gleich vor ins Ministerbüro und holen Sie die zwei Karten. Und bitte – haben wir einen Atlas?

STIMME VON FRAU DESSMANN: Einen Atlas? Was für einen Atlas?

PRÜGL: Ein Buch mit Landkarten. Das nennt man eben Atlas, wenn Sie das nicht wissen sollten.

STIMME: Ach so. Einen Atlas. Nein. Wir haben keinen

Atlas. Wieso sollten wir einen Atlas haben? Sind wir das Außenministerium?

PRÜGL: Aber irgendwer hier herinnen wird doch einen Atlas haben?

STIMME: Ja, kann sein Herr Min.-Rat Düblkopf. Ich geh eh vorbei. *Eine Tür knallt.*

PRÜGL *wählt am Telephon:* Ja, Mausi, hier ist Herzbube. – Ja, leider – jetzt werde nicht gleich wieder weinerlich, wenn die – ja, ja – ich weiß – Dienst ist eben Dienst. – Dafür bin ich ein Ministeri – Bitte fang nicht wieder zu heulen an, nur weil ich – Es k a n n elf Uhr werden – in die Oper – ja, ich geh' auch einmal mit d i r in die Oper, aber du weißt, wie schwer es ist, Karten zu kriegen. – Das heute sind die beiden Ministerkarten, die hat mir der Minister sozusagen persönlich ... – ob der was? Natürlich geht der Minister nicht jeden Tag in die Oper. – Wer dann jeden Tag auf die Ministerkarten in die Oper geht? Na ja. Die sickern von den Vorzimmerdamen zum persönlichen Referenten und dann so langsam herunter – meistens bleiben sie längst vor der Ministerialratsebene hängen – Ja, siehst du, jetzt sei ein liebes Mausi – ja, elf Uhr spätestens, und vielleicht lädt er mich ein – und damit auch dich – der Oberste Richter der Färöer-Inseln. – Du willst lieber nach Ceylon? Vielleicht kommt der auch noch. – Also, dann bis später. Wenn du schon schläfst, gebe ich dir ein kleines Klapsi aufs Popoli ... Nein, die Zentrale hört nicht zu – ja dann tschüß. – Tschüß. *Es klopft. Prügl hängt ein.* Ja?!

DÜBELKOPF *tritt ein, einen Atlas unter dem Arm:* Ihre Sekretärin hat gesagt, Sie bräuchten einen Atlas. Was ist denn in Sie gefahren? Wollen Sie sich bilden?

PRÜGL: Ich muß nachschauen, wo die Färöer sind.

DÜBLKOPF: Kriegen Sie ein Kreuzworträtsel nicht heraus?

PRÜGL: Unsinn. Der Oberste Richter der Färöer ist hier, und ich soll mit ihm in die Oper gehen.

DÜBLKOPF: Sie?

PRÜGL: Ja.

DÜBLKOPF: Färöer?

PRÜGL: Ja.

DÜBLKOPF: Dann ist Färöer nichts Besonderes. Oder es ist eine ganz miese Oper. Was wird denn gespielt?

PRÜGL: Keine Ahnung.

Man hört im Vorzimmer eine Tür gehen.

PRÜGL: Frau Dessmann, haben Sie eine Abendzeitung?

Frau Dessmann reicht Prügl die beiden Opernkarten und eine Abendzeitung herein. Die beiden Ministerialräte blättern.

DÜBLKOPF: ›Mathis der Maler‹. Habe ich es nicht gesagt?

PRÜGL: Kennen Sie die Oper?

DÜBLKOPF: Da sei Gott vor.

PRÜGL: Ist sie lang?

DÜBLKOPF: Moderne Opern sind immer z u lang.

PRÜGL *ächzt:* Und noch dazu in der ersten Reihe, wo das ganze Haus sieht, wenn man gähnt.

DÜBLKOPF: Dafür schlafen Sie nicht ein, weil der Krach direkt vor Ihnen ist.

PRÜGL: Warum darf ich nicht mit einem Schweizer Kollegen in den ›Troubadour‹ gehen? Aber wir kommen auch noch dran, Herr Düblkopf, die Oberen werden gnadenlos pensioniert. Gnadenlos. Sie können sich noch wehren bis 67 und können sich dann auch noch ein paar Monate an den Stuhlbeinen festhalten, aber dann werden sie gnadenlos pensioniert und fallen ins Nichts. Dann kommen w i r dran.

DÜBLKOPF *nüchtern:* Bis w i r ins Nichts fallen.

PRÜGL *rafft sich zusammen, faßt einen anderen Gedanken:* Färöer.

DÜBLKOPF: Klingt nach Südeee. Bora-Bora. Fär-öer. Hula-Hula. Das ist wahrscheinlich ein Neger. Vielleicht kommt seine Frau mit. Oben ohne.

PRÜGL: Das Wort N e g e r wird im Ministerium nicht gebraucht. Farbiger!

DÜBLKOPF: Hat ja niemand zugehört.

PRÜGL *blättert im Atlas:* Das ist aber ein ganz alter Atlas.

DÜBLKOPF: Die Berge ändern sich nicht, die Meere auch nicht. Das bißchen Grenzen –

PRÜGL: »Großdeutsches Reich« – »Protektorat Böhmen und Mähren« – »Generalgouvernement« –?

DÜBLKOPF: Werden einem ja nicht gleich die Augen herausfallen, wenn man diese Karten anschaut. Und immerhin: Es w a r einmal so. Betrachten Sie es als Geschichtsatlas.

PRÜGL *blättert weiter:* Südsee, sagen Sie?

DÜBLKOPF: Ich glaube, wir schauen im Register nach. Geben Sie her. *Düblkopf blättert.* Farnham, Farnsburg, Faro, noch einmal Faro, in Brasilien, das andere ist in Portugal, Farö, da kommen wir der Sache schon näher, Färöer, 15 b NBK II.

PRÜGL: Wieso N B K I I ?

DÜBLKOPF: Nebenkarte.

PRÜGL: Oje.

DÜBLKOPF *blättert vorn:* Da. Hier. Bitte.

PRÜGL: Pfui Teufel. Das ist ja fast in Island. Da – da –! Schauen Sie – gleich nebenan ist der Polarkreis! Sie mit Ihrer Südsee.

DÜBLKOPF: Das kann Ihnen doch gleich sein. Den Polarkreis bringt er nicht mit. Vielleicht riecht er ein bißchen nach Lebertran. Das ist womöglich gesund.

PRÜGL: Aber wenn er mich einlädt? Eine Gegeneinladung? Meine Frau und mich? *Weinerlich*: Auf die Färöer? Und was sie dort womöglich für eine Oper spielen?!

DÜBLKOPF: So wie das auf der Karte ausschaut, ist das alles so mickrig, da ist überhaupt gar kein Platz für eine Oper. Und n o c h hat er Sie nicht eingeladen.

PRÜGL: Herr Düblkopf, Sie täten mir einen großen Gefallen ... wie ich vorhin mit meiner Frau telephoniert habe – sie ist sehr ungehalten, was man ja wohl verstehen kann. S i e, Herr Düblkopf, sind unverheiratet –

DÜBLKOPF: Unmöglich. Jeden anderen Tag gern. Heute: ausgeschlossen. Jahresessen des Exportclubs. Und dann also, viel Vergnügen, Herr Prügl. *Ab.*

PRÜGL: Die Hummerschere soll dir im Hals stecken bleiben.

– Vorhang –

II.

In der Oper. Pause. Min.-Rat Dr. Prügl und der färöerische Ober-Richter lehnen an einem kleinen Tischchen im Foyer. Sie trinken Sekt.

OBER-RICHTER *spricht mit stark färöerischem Akzent:* Müssen Sie den Sekt bezahlen oder bezahlt den Ihr Ministerium?

PRÜGL *lacht verlegen:* Ich habe einen gewissen finanziellen Spielraum vom Herrn Staatsminister zugemessen bekommen.

OBER-RICHTER: Prost.

PRÜGL: Prost.

OBER-RICHTER: Haben Sie hier in Bayern im Ministerium auch nichts zu tun?

PRÜGL: Wie? Ich verstehe Sie nicht recht?

OBER-RICHTER: Wir auf den Färöer haben nichts zu tun. Die Richter haben nichts zu tun, die Beamten im färöerischen Justizministerium haben erst recht nichts zu tun. Ist das bei Ihnen anders?

PRÜGL: Das ist aber wirklich völlig anders.

OBER-RICHTER: Wir haben natürlich schon was zu tun. Da habe ich zum Beispiel zu einem Kollegen gegangen – habe ich gegangen? Bin ich gegangen?

PRÜGL: Bin.

OBER-RICHTER: Danke. Bin ich zu einem Kollegen gegangen, einem gewissen Turle Turlson, und habe ihn gefragt: Na?! Turlson, du alter Gauner, hast du viel zu tun? Oh ja, ist der Turlson geantwortet – ist geantwortet? Oder hat geantwortet?

PRÜGL: Hat.

OBER-RICHTER: Hat der Turlson geantwortet: Oh ja – mir wächst die Arbeit förmlich über das – das Kopf? Der Kopf?

PRÜGL: – den –

OBER-RICHTER: – über den Kopf. Ich muß die Kellertür streichen, am Fahrrad von meinem Sohn eine neue Kette aufziehen und das Auto waschen.

Prügl lacht etwas gequält.

Oder mein Kollege Svibdagger Svibdaggerson: Er steht jeden Tag um halb fünf Uhr auf und geht ins Gericht. Dort ist nämlich sein Boot angebunden, und mit dem fährt er fischen.

PRÜGL *lacht wieder gequält:* Nein, so schön haben wir's nicht.

OBER-RICHTER: Nicht?

PRÜGL: Nein. Die Arbeitslast erdrückt uns fast. Also: im Ministerium.

OBER-RICHTER: Aha.

PRÜGL: Die Richter und die Staatsanwälte – hm, das ist schwer zu sagen. Die haben keine festen Dienstzeiten, und daher sind sie schwer zu überwachen. Sie jammern natürlich alle, aber – wer weiß. Ich war ja selber auch Richter, drei Monate lang – was ich da so beobachtet habe – ich habe den Verdacht: In Wirklichkeit tun sie gar nicht so viel.

OBER-RICHTER: Und gehen auch fischen? Oder streichen Türen?

PRÜGL: Womöglich.

OBER-RICHTER: Und wer wird befördert?

PRÜGL: Wer eine gute Beurteilung hat.

OBER-RICHTER: Und wer hat eine gute Beurteilung?

PRÜGL: Der, von dem das Ministerium meint, daß er befördert werden soll.

OBER-RICHTER: Ich verstehe. Und wer soll nach der Meinung des Ministeriums befördert werden?

PRÜGL: Da gibt es mehrere Kriterien ... Erstens: –

OBER-RICHTER: Ich verstehe.

PRÜGL: Wieso verstehen Sie, ich habe ja noch gar nichts aufgezählt.

OBER-RICHTER: Verzeihung. Ich bin nur gemeint – h a b e gemeint?

PRÜGL: Habe.

OBER-RICHTER: Habe nur gemeint: Erstens: Wer der Partei des Herrn Minister angehört.

PRÜGL: Das spielt überhaupt keine Rolle! *Kleine Pause.* Zweitens: Wer am schönsten zitieren kann.

OBER-RICHTER: Zitieren.

PRÜGL: Ja. Das ist so: An sich könnten alle Fälle mit Hilfe

der einfachen, schlichten Gesetzesparagraphen gelöst werden. Zum Beispiel, wenn eine Forderung verjährt ist. Da bräuchte der Richter eigentlich nur schreiben: Entscheidungsgründe: Die Forderung ist verjährt. Das ist aber natürlich unmöglich. Eine Zeile! Der Richter muß sich also irgend etwas einfallen lassen, damit das Urteil länger, bedeutender wird. Also wird er aus den Büchern alles abschreiben, was mehr oder weniger über Verjährung gesagt worden ist, und dann wird das Urteil schon besser. Dann wird es beim Amtsgericht fünf, sechs Seiten lang, mit, sagen wir, zwei Dutzend schönen Zitaten aus Fachzeitschriften und Lehrbüchern. Beim Landgericht muß natürlich schon mehr geschrieben werden. Da wird sich die Kammer Gedanken darüber machen und diese niederschreiben: Was wäre, wenn die Forderung nicht verjährt wäre und so fort und wird alles aus der Literatur abschreiben, was früher schon über Verjährung gesagt worden ist, und alles, was so im Lauf der Zeit Falsches über die Verjährung gesagt worden ist – so kommen 20, 30 Seiten zusammen mit, sagen wir, 80 Zitaten. Das Oberlandesgericht, das holt natürlich noch viel weiter aus. Das belegt mit ungeheuren Trauben von Zitaten, was eine Verjährung ist, was eine Verjährung nicht ist, was – sagen wir – drei Jahre sind, führt Belegstellen in überwältigender Masse dafür an, warum drei Jahre nicht vier Jahre, aber auch nicht zwei Jahre sind, wird andere Oberlandesgerichte zu dem Problem zitieren, was überhaupt Jahre sind, und wie sich Jahre, zum Beispiel, von Monaten unterscheiden und so fort, und so bringt es das Oberlandesgericht zu zwei-, dreihundert Seiten mit Tausenden von Zitaten.

OBER-RICHTER: Und Sie haben doch auch noch einen Bundesgerichtshof?

PRÜGL: Die Richter am Bundesgerichtshof gebären Zitate. Sie gehen finster starrend auf den Gängen auf und ab oder sitzen mit schreibverkrampften Fingern in riesigen Bibliotheken und blättern und schauen nach, wo irgend etwas noch nicht mit einem Zitat abgedeckt ist. Sie müssen sich das so vorstellen: Die Rechtsprechung ist wie eine riesige Vase, in der Wasser ist. Die Vase ist alt und voller Löcher. Die Löcher können nur mit Zitaten gestopft werden. Die Richter des Bundesgerichtshofs klettern ständig an dieser gigantischen Vase auf und ab und suchen nach Löchern, aus denen das Wasser der Rechtsprechung herausschießt. Und über die Löcher kleben sie Zitate. Aber es ist natürlich eine Sisyphos-Arbeit. Kaum ist hier ein Loch mit einem Zitat zugestopft, dann bricht dort ein neues Loch auf.

Es läutet.

OBER-RICHTER: Die Pause ist zu Ende.

PRÜGL: Ja.

OBER-RICHTER: Sagen Sie: Ist die zweite Hälfte der Oper ungefähr so wie die erste Hälfte?

PRÜGL: Ich nehme an.

OBER-RICHTER: Dann sind wir das Stück ja schon so fast wie gesehen – oder: haben – gesehen?

PRÜGL: Haben.

OBER-RICHTER: Und wir können uns dem geselligen Teil des Abends zuwenden.

PRÜGL *erleichtert:* Ich richte mich nach den Wünschen des Gastes. Aber was verstehen Sie unter »geselligem Teil«?

OBER-RICHTER: Auf den Färöer wäre Ihnen das bald klar.

Sie gehen.

– Vorhang –

III.

Eine Bar. Schummrige Beleuchtung, öde Musik.

PRÜGL *sitzt verklemmt auf einem Barhocker:* Wie spät ist es denn, Herr Kollege?

OBER-RICHTER: Pfeif auf die Zeit, Mensch.

PRÜGL: Ich muß meine Frau anrufen. Ich wollte eigentlich nach der Oper gleich heimgehen.

OBER-RICHTER: Gleich heimgehen? Geht ihr immer gleich heim? Wir auf den Färöer gehen nie gleich heim. Unsere Frauen sind froh, wenn wir überhaupt irgendwann heimgehen.

PRÜGL: Sie ist es von mir nicht gewohnt.

OBER-RICHTER: Hast du Schiß vor deiner Frau?

PRÜGL: Nein, ich will ihr keine Sorgen machen. Wenn ich sage, daß ich gleich nach der Oper heimkomme, und ich –
Eine Barnixe schiebt sich herein.

PRÜGL *sieht die Nixe noch nicht:* – Wie spät ist es, Herr Kollege?

OBER-RICHTER: Ich habe keine Uhr. Wir auf den Färöer haben überhaupt keine Uhren. Wir richten uns nach der Mitternachtssonne. Im März stehen wir auf, und im September gehen wir schlafen.

NIXE: Zwölf Uhr. Mitternacht.

PRÜGL: O Gott, o Gott. Ich muß telephonieren.
Gong.

STIMME DES ANSAGERS: Wie jeden Tag um Mitternacht – *Gong* – die besondere Attraktion unseres Hauses – *Gong* – Salandra, die Midnights-Queen – da bleiben keine Wünsche offen. Bühne frei für Salandra.

NIXE: Jetzt geht's nicht. Du mußt mit dem Telephonieren schon warten bis nach dem Auftritt.

PRÜGL: Wird ja nicht so lang dauern.

NIXE *schwingt sich auf einen Barhocker:* Darf ich was trinken?

Eine schwüle Musik setzt ein. Der Ober-Richter verfolgt gespannt das Geschehen auf der Bühne. Prügl schaut verklemmt, er bemüht sich auch, die Augen von den Netzstrümpfen der Nixe fernzuhalten.

NIXE: Darf ich was trinken?

PRÜGL: Wie? – ja, warum nicht – ich –

OBER-RICHTER *mit Blick auf die Bühne:* Die Jüngste ist das nicht mehr.

NIXE *winkt dem Barkeeper:* Eine Prärie-Oyster.

Der Barkeeper serviert.

OBER-RICHTER: Die hat ja Falten um den Bauch.

NIXE *zu Prügl:* Na, Süßer, gefällt es dir nicht? Du schaust so bekümmert? Kann ich irgendwas für dich tun?

PRÜGL *freudig:* Ja. Könnten Sie meine Frau anrufen – es ist vielleicht ohnedies besser, wenn nicht i c h – sagen Sie ihr: Mein Gast von Färöer ist leider – hat leider darauf bestanden – es ist quasi Dienst – ich muß leider –

OBER-RICHTER: Die Schamhaare sind gefärbt.

NIXE: Färöer?

PRÜGL: Ja, Färöer. Hier sind dreißig Pfennig. Die Nummer ist 7338828. Leicht zu merken – sieben und drei ist zehn – dann drei und d r e i mal acht – und nach zwei mal acht eine ... zwei – es meldet sich Marga Prügl.

NIXE *fingiert mit rauchiger Stimme das Telephongespräch:* »Frau Marga Prügl, ich hoffe, ich habe Sie nicht geweckt. Hier spricht Carina aus der Congo-Bar. Ihr Mann ist leider auf den Färöer aufgehalten –«

PRÜGL: Um Himmels willen. Das geht natürlich nicht ...

OBER-RICHTER: Noch so ein Kopfstand, und es fallen ihr die falschen Zähne heraus.

PRÜGL: Ich muß selber telephonieren.

NIXE: Darf meine Freundin Netty auch was trinken?

Nixe 2 kommt herein.

PRÜGL: Ich verstehe nicht – natürlich ...

NIXE 2: Ralf! Einen Schampaninger.

Der Barkeeper serviert.

OBER-RICHTER: Krampfadern. Sie sollte die Strümpfe nicht ausziehen.

NIXE 1: Dein Freund ist aber sehr kritisch.

PRÜGL: Ich kenne ihn erst seit heute. Er ist der höchste Richter der Färöer ...

NIXE 2: Färöer –? Ist das was Schweinisches?

PRÜGL: Färöer ist eine Inselgruppe. Sie hat früher zu Dänemark gehört. Jetzt ist sie selbständig. Er ist der höchste Richter –

OBER-RICHTER: Die hat den Striptease noch im Burenkrieg gelernt.

PRÜGL: Ich bin gewissermaßen dienstlich hier.

NIXE 1: Na ja. So ganz taufrisch ist Salandra wirklich nicht mehr.

Schlußakkord. Beifall, und der Ober-Richter klatscht ein bißchen. Der Ober-Richter wendet sich wieder Prügl zu.

OBER-RICHTER: Immerhin hat sie guten Willen gezeigt. Bei uns auf den Färöer würde so eine allerdings nur noch als Fischköder verwendet. *Bemerkt die Nixen.* Ah, wir haben Gesellschaft bekommen. Bravo! Ich heiße Snurre Snurreson, aber meine Freunde nennen mich Bonzo.

NIXEN: Prost Bonzo!

OBER-RICHTER: Wie heißt ihr denn?

NIXE 2: Netty.

NIXE 1: Carina.

OBER-RICHTER: Sehr hübsch. Prost!

PRÜGL: Ich muß unbedingt telephonieren. Wie spät ist es? Es ist bestimmt fast halb eins. Ich muß noch die letzte U-Bahn erwischen. Bis ich daheim bin, ist es eins vorbei, und ich habe gesagt –

OBER-RICHTER *väterlich:* Mach dich nicht an. Schau her: Wenn du jetzt deine Frau anrufst, weckst du sie auf, du weckst die Kinder auf, du weckst den Kanarienvogel auf – hast du einen Kanarienvogel?

PRÜGL: Nein, wir haben einen Hund.

OBER-RICHTER: Gut. Weckst also den Hund auf, es gibt ein großes Durcheinander, deine Frau meint, daß du verunglückt bist, im Krankenhaus liegst, oder verhaftet oder ins Wasser gefallen – und sie wird erschrecken, dann versuchst du ihr zu erklären, daß alles ganz harmlos ist, und das wird sie dir nicht glauben, und sie meint, du bist im Puff – es ist viel besser, du rufst nicht an.

PRÜGL: Und wenn sie aufwacht und merkt, daß ich nicht da bin – um eins in der Nacht?

NIXE 1: Um so froher wird sie sein, wenn du überhaupt wiederkommst.

OBER-RICHTER: Laß sie zittern.

PRÜGL: Ich weiß nicht recht. Ich würde lieber gehen. Ich fürchte, die letzte U-Bahn habe ich schon versäumt ...

OBER-RICHTER: Apropos Puff – komm, Kollege. *Er zieht Prügl vom Hocker.* Tschau, ihr Süßen.

Der Barkeeper schiebt Prügl die Rechnung hin.

PRÜGL: Was? Wieso? Siebzehnhundertvierundachtzig Mark und zwanzig Pfennig? Wir haben doch nur zwei Bier getrunken?

NIXE 1: Mach keine Zicken.

PRÜGL: Das zahle ich nicht. Wieso – für zwei Bier –?

NIXE 1: Und meine Prärie-Oyster?

NIXE 2: Und der Schampus?

OBER-RICHTER: Ich würde an deiner Stelle zahlen. Siehst du die zwei Gorillas dort am Eingang? Die schauen schon so komisch her.

PRÜGL: Ich habe gar nicht so viel Geld dabei.

NIXE 1: Wir nehmen auch einen Scheck.

Prügl gibt dem Ober-Richter seufzend sein Scheckbuch, der Ober-Richter füllt aus, Prügl unterschreibt.

– Vorhang –

IV.

Bordell »Massagesalon«. Prügl sitzt – ein Häufchen Elend – auf einem Sofa. Eine Nutte kommt vorbei.

NUTTE: Na? Dein Freund hat's lustiger. Willst du nicht doch noch?

PRÜGL *schreckt auf:* Wie spät ist es?

NUTTE: Drei Uhr. Willst du nicht mitkommen? Ich zeig' dir was, was du noch nicht kennst. Was willst du denn sonst mit dem angebrochenen Nachmittag anfangen?

PRÜGL: Drei Uhr? Ich muß unbedingt telephonieren. Wer weiß – vielleicht hat meine Frau schon eine Vermißtenanzeige aufgegeben.

NUTTE: Nein.

PRÜGL: Woher wollen Sie das wissen?

NUTTE: Weil die Polizei als erstes hier bei uns nachfragt. Heißt du Eyring?

PRÜGL: Nein.

NUTTE: Heißt du Feller?

PRÜGL: Nein.

NUTTE: Heißt du Bogner?

PRÜGL: Nein.

NUTTE: Dann gehst du noch nicht ab. Bisher hat die Polizei nur nach den dreien gefragt.

Der Ober-Richter kommt, knöpft sich den Anzug zu.

OBER-RICHTER: Na ja. Immerhin hatte sie jahrzehntelange Erfahrung in dem Gewerbe. He – Kollege! Bist du schon fertig?

NUTTE: Er hat noch gar nicht angefangen.

PRÜGL: Ich möchte telephonieren.

OBER-RICHTER *klopft der Nutte auf den Hintern:* Du bist jünger als die da oben –

NUTTE *haut ihm auf die Finger:* He. Das gibt's nicht gratis.

PRÜGL *zum Ober-Richter:* Glauben Sie, daß die in der Bar wirklich den Scheck einlösen?

OBER-RICHTER: Da kannst du Gift drauf nehmen.

PRÜGL: Ich werde den Scheck sperren lassen. Ich geh' sofort zur Bank, sobald sie aufmacht –

OBER-RICHTER: Dann werden sie prozessieren.

PRÜGL: O Gott – die MiZi …

NUTTE: Miezi? Eine Miezi haben wir nicht, wir haben die Gerda, die Stupsi –

OBER-RICHTER: Bei uns auf den Färöer gibt es in solchen Fällen den Scheckprozeß. Ich weiß nicht, wie es bei euch ist. Da hast du kaum Chancen …

PRÜGL: Die MiZi. »Mitteilungen in Zivilsachen«. Wenn gegen einen Beamten ein Prozeß anhängig ist, muß das Gericht das sofort melden – siebzehnhundertachtundachtzig Mark … wie soll ich meiner Frau das erklären …

NUTTE *hat auf einen Block geschrieben und reißt den Zettel ab:* Wem soll ich es geben?

OBER-RICHTER *deutet auf Prügl:* Er ist mich eingeladen. Oder: h a t mich eingeladen?

PRÜGL: Hat.

NUTTE *gibt Prügl den Zettel:* Soll ich die Mehrwertsteuer gesondert auswerfen?

PRÜGL *liest den Zettel, sinkt aufs Sofa:* Da muß ich ja meinen Bausparvertrag auflösen.

– Vorhang –

V.

Auf der Straße. Nacht. Prügl und der Ober-Richter sitzen am Gehsteigrand. Längeres Schweigen. Es schlägt fünf Uhr.

PRÜGL *weinerlich:* Fünf Uhr. Jetzt brauche ich gar nicht mehr erst anrufen.

OBER-RICHTER: Sag' ich doch die ganze Zeit.

PRÜGL: Ich möchte nach Hause.

OBER-RICHTER: Weichling.

PRÜGL: Was haben Sie denn davon, wenn wir hier am Gehsteigrand sitzen?

OBER-RICHTER: Es ist immer alles besser als nach Hause gehen.

PRÜGL: Es ist doch nichts mehr los.

OBER-RICHTER: Eine lahme Angelegenheit, deine Stadt. Eine sehr lahme Angelegenheit. Tote Hose! Erst fünf Uhr und schon nichts mehr los. Wenn du dann zu uns kommst, auf die Färöer – du kommst doch –?

PRÜGL *weinerlich:* Ja.

OBER-RICHTER: Du bist eingeladen! Verstehst du? Du bist eingeladen, das ist eine sehr ernste Sache bei Färöern.

PRÜGL: Ja.

OBER-RICHTER: Da m u ß t du kommen.

PRÜGL: Ja.

OBER-RICHTER: Da m u ß t du kommen, nicht nur so: ja sagen – du mußt – wie heißt du mit Vornamen?

PRÜGL *müde:* Kurt.

OBER-RICHTER: Sehr schön. Ich kenne noch niemanden, der Kurt heißt. Ich heiße Snurre. Also, Kurt: Du m u ß t kommen.

PRÜGL: Ja.

OBER-RICHTER: Du mußt sagen: Ja, Snurre.

PRÜGL: Ja, Snurre.

OBER-RICHTER: Eine Einladung von einem Färöer mußt du – mußt du – *er sucht den richtigen Ausdruck* – wie heilig ernst nehmen. Verstehst du?

PRÜGL: Ja.

OBER-RICHTER *springt plötzlich auf:* Du kommst?

PRÜGL: Ja.

OBER-RICHTER: Steh auf. Schwöre es – schwöre es mit deinem heiligsten Eid.

PRÜGL *müde:* Ich schwöre es.

OBER-RICHTER: Die Hand heben.

Prügl hebt die Hand.

OBER-RICHTER: Sag's noch einmal.

PRÜGL: Ich schwöre es.

OBER-RICHTER: Lauter.

PRÜGL *etwas lauter:* Ich schwöre es,

OBER-RICHTER *brüllt:* Lauter!

PRÜGL *laut:* Ich schwöre es.

EINE WEIBLICHE STIMME VON OBEN: Ruhe!

OBER-RICHTER *kichert:* Haben wir die Oma geweckt. Aber wenn du uns auf den Färöer besuchen kommst, werden wir noch ganz andere Sachen machen. Du kommst? Du mußt kommen. Am besten gleich nächste Woche.

PRÜGL: Ja.

OBER-RICHTER: Nächste Woche. Sehr gut. *Zieht seinen Kalender heraus.* Wann? Montag? Ich würde sagen: Am besten gleich Montag. Ich hole dich vom Flughafen ab, und wir gehen sofort zu Thurkill Thurkillson – der hat ein B i e r c h e n –! Und die eine von seinen beiden Töchtern – na ja, du wirst sehen. Deinen Koffer lassen wir am besten gleich am Flughafen, dann vergißt du ihn nicht, wenn du wieder abfliegst. Wie lang bleibst du? Eine Woche? Zwei? Ich werde jedenfalls Thurkill sagen, daß er die Woche über offenhalten soll. Und Gorm Gormson natürlich. Muß mir grad notieren, daß ich's nicht vergesse. Montag: Thurkill Thurkillson, der macht um sechs Uhr früh zu, da macht grad Gorm Gormson auf, dort essen wir eine Fischsuppe mit Erdbeeren – das ist das färöerische Nationalgericht – und trinken Grog. Gorm Gormson hat vier – in Worten: v i e r – Nichten, die ... na ja, du wirst sehen. Dann natürlich der »Blaue Hai«, der ist etwas außerhalb, und ich muß sehen, ob Emma Grünzahn am Dienstag abends ihre Klitsche schon offen hat. Die soll inzwischen eine Balinesierin bekommen haben – also: Wir werden die Woche schon rumkriegen. Du wirst sehen: Auf den Färöer ist was los, hier in München, das ist doch tote Hose.

PRÜGL: Ich möchte aber jetzt heim –

OBER-RICHTER *plötzlich laut:* Kurt!

PRÜGL: JA.

OBER-RICHTER: Mir ist was eingefallen, was wir noch machen könnten. Los, auf. *Er reißt Prügl hoch, winkt.* Taxi! Taxi!

– Vorhang –

VI.

Wie I. Prügl sitzt mit Umschlägen auf dem Kopf am Schreibtisch. Es klopft.

PRÜGL *ersterbend:* Herein.

Düblkopf tritt ein.

DÜBLKOPF: Wie sehen denn Sie aus?

Prügl macht eine müde Geste.

DÜBLKOPF: So schlimm ist ›Mathis der Maler‹ auch wieder nicht. Sie sollten erst einmal ›Lulu‹ hören –

PRÜGL: ›Mathis der Maler‹ war das wenigste. Wir sind außerdem schon in der Pause gegangen. Es hat Snurre gelangweilt.

DÜBLKOPF: Snurre?

PRÜGL: Der färöerische Kollege. *Schmerzlich:* Mein Duzfreund Snurre.

DÜBLKOPF: Klingt nicht freudig.

PRÜGL: Wenn Sie wüßten. Das einzige Glück ist, daß heute vormittag sein Flugzeug gegangen ist, sonst wären wir – *macht eine wegwerfende Handbewegung* – Noch auf dem Flughafen mußte ich eine Flasche Aqua – *rülpst* – Verzeihung, wenn ich nur an irgendwas im entferntesten Alkoholisches denke, wird mir schlecht.

Frau Dessmann kommt herein.

DESSMANN: Ihr Haferschleim. *Sie stellt die Schüssel hin.* War gar nicht leicht, die Cafeteria dazu zu bewegen, so etwas zu machen.

Prügl beginnt zu essen.

PRÜGL: Ich hoffe, daß ich mich im Lauf der restlichen Woche von dieser Nacht erholen werde. Meine Frau … mit Kindern und Hund … bei ihren Eltern. Ich hoffe, daß ich sie im Lauf des Monats soweit beruhigen kann, daß sie die Scheidungsklage zurücknimmt. Die finanziellen Folgen ... ich sage Ihnen: diese Färöer ... ich hoffe, daß ich die finanziellen Folgen im Lauf der nächsten zehn Jahre überwinden werde.

DÜBLKOPF: Das muß ja eine tolle Nacht gewesen sein. Ich nehme an, er hat Sie seinerseits auf die Färöer eingeladen?

PRÜGL: Ja, ja. Ich mußte sogar schwören, daß ich komme. Aber – ich fahre nicht hin. Ich hoffe, Snurre vergißt es. Einen Aufenthalt auf den Färöer würde unsereins nicht überleben.

DÜBELKOPF *setzt sich auf die Schreibtischkante:* Sie machen mich neugierig. Erzählen Sie.

PRÜGL: ›Mathis der Maler‹, wie gesagt, war noch nicht so schlimm. In der »Kulisse« in der Maximilianstraße war es sogar recht nett, aber in der Bar »Congo« danach, und dann in der Bar – ich weiß den Namen nicht mehr – und dann hat uns ein Taxifahrer in ein angebliches Nachtcafé gebracht, und von dort aus sind wir – Sie kennen auch die Damen Gerda und Stupsi nicht –? Nein. Es war fürchterlich. Aber das entsetzlichste kommt erst. Um fünf Uhr früh.

DÜBLKOPF: Was man als Ministerialrat im Justizministerium alles erlebt.

PRÜGL: Ich wünsche es meinem ärgsten Feind nicht. Der Taxifahrer – einer von den unzähligen Taxifahrern, die wir in dieser Nacht frequentiert haben – hat eine Adresse gewußt.

DÜBLKOPF: Eine Adresse?

PRÜGL: Und was für eine. Infernalisch. Eigentlich hat der Chef schon geschlafen, doch Snurre wollte unbedingt ... gegen ein beträchtliches Aufgeld hat er sich dann bereit erklärt – hat uns in sein Atelier geführt –

DÜBLKOPF: Und was?

PRÜGL: Können Sie schweigen?

DÜBLKOPF: Wie ein Grab. Wie mehrere Gräber.

PRÜGL: Ehrenwort?

DÜBLKOPF: Mehrere Ehrenwörter. Einen ganzen Ehrensatz.

PRÜGL: Wirklich?

DÜBLKOPF: Wirklich.

Prügl nestelt die Hose auf und zeigt Düblkopf seine Hüfte.

PRÜGL: Wir, Snurre und ich, haben uns gemeinsam tätowieren lassen. Eine nackte Meernixe, die die Färöer-Fahne schwingt. Bei mir steht drunter: Snurre, ewig dein! Bei ihm: Kurt, ewig dein! *Müde:* Ich heiße Kurt.

DÜBLKOPF: Grotesk.

PRÜGL: Ich kann in kein Freibad mehr gehen. An keinen Strand. Und wie soll ich das meiner Frau erklären? Aber – wenn Sie noch sähen, was auf der anderen Hüfte –

DÜBLKOPF: Zeigen Sie.

PRÜGL: Unter keinen Umständen. Ein eigenhändiger Entwurf von Snurre.

DÜBLKOPF: Dann haben S' also jetzt einen viereckigen Magen, eine beleidigte Frau und sind pleite.

PRÜGL: Wenn ich eine Firma wäre, müßte ich Konkurs anmelden.

DÜBLKOPF: Ja – *lacht* – sauber, sauber. Also dann – *er steht auf.* – Ich muß weitermachen. Zum Mittagessen werden Sie ja heute wohl nicht gehen.

PRÜGL *schüttelt den Kopf, er kann das Kopfschütteln nicht mehr steuern, der Kopf schüttelt sozusagen von alleine weiter:* Helfen Sie mir. Mein Kopf –

DÜBLKOPF: Um Gottes willen – Frau Dessmann!

DESSMANN *kommt:* Was ist denn? Ach so – das war schon ein paarmal heute vormittag.

Düblkopf und Dessmann halten gemeinsam Prügls Kopf, bis er sich beruhigt. Dann geht Düblkopf hinaus.

DESSMANN: Brauchen Sie noch was?

PRÜGL *jammernd:* Mein Kopf. Warum ist es so laut?

DESSMANN: Es ist doch gar nicht laut.

PRÜGL: Doch, da brüllt einer am Gang.

DESSMANN: Ich höre nichts.

PRÜGL: Schauen Sie nach. Sagen Sie, man soll nicht so brüllen. Hier liegt ein Sterbender.

DESSMANN *schaut zur Tür hinaus, macht nach draußen:* Pssst. *Kommt wieder zurück.*

PRÜGL: Wer ist es denn?

DESSMANN: Herr Ministerialrat Düblkopf. Er erzählt dem Ministerialdirektor, wo Sie überall tätowiert sind.

Prügl schreit auf wie gestochen. Dessmann prallt zurück.

PRÜGL: Machen Sie das Fenster auf!

DESSMANN: Warum?

PRÜGL *breitet die Arme aus:* Damit die Scheiben nicht zerbersten, wenn ich jetzt auf die Färöer fliege.

Dessmann reißt das Fenster auf, Prügl nimmt einen Anlauf, Dessmann schreit schrill.

– Vorhang –

Der Verkehrsunfall

PERSONEN: Türkin, der Polizist, der Angefahrene, der Zeuge

Eine Straßenkreuzung in der Vorstadt, wenig Verkehr. Zusammenstoß. Eine junge, dunkelhaarige Frau mit einem alten Fahrrad fährt einen Mann an, der über die Straße läuft. Der Mann fällt und verliert seine Brille und einen mittleren Papiersack, den er sehr vorsichtig getragen hat. Der Angefahrene ist sehr aufgeregt, sagt aber nichts außer »i – d – d – zt – ddd –« vor Aufregung. Er sucht seine Brille. Die junge Frau steht nur da, hält ihr Fahrrad fest und reißt die Augen weit auf. Der Polizist und der Zeuge treten fast gleichzeitig aus verschiedenen Richtungen auf. Der Polizist zieht sein Notizbuch und einen Bleistift.

POLIZIST: Das werden wir gleich haben.

ZEUGE: Mein Name ist Hierl. Ich bin Zeuge.

POLIZIST: Sie sind jetzt einmal ruhig. Sie kommen schon noch dran. Also? Wer ist von links gekommen?

ANGEFAHRENER: Bevor ich nicht meine Brille gefunden habe, sage ich gar nichts.

POLIZIST: Wo haben S' denn Ihre Brille?

ANGEFAHRENER: Verloren. Hier. Irgendwo …

POLIZIST: Ach so. Sie ist bei dem Unfall in Verlust geraten. *Er notiert.*

ANGEFAHRENER *weinerlich:* Ohne Brille sehe ich überhaupt nichts. Ich sehe schon mit Brille fast nichts. Ohne Brille sehe ich gar nichts.

POLIZIST: Dann bräuchten S' ja strenggenommen gar keine Brille tragen.

ANGEFAHRENER: Und die Tiere sind entkommen.

POLIZIST: Wieso, sind Sie geritten?

ANGEFAHRENER: Hier in der Tüte. Die Tiere. Bitte, schauen Sie nach, ob noch welche drin sind.

Der Zeuge macht sich inzwischen mehr spielerisch auf die Suche nach der Brille.

POLIZIST *vorsichtig:* Einen Moment – was sind das für Tiere?

ANGEFAHRENER: Es müßten fünf sein.

POLIZIST: Sie sollen mir sagen, was das für Tiere sind –

ANGEFAHRENER: Weiße Mäuse.

POLIZIST: Ach so. *Er schaut nach.* Nein. Nichts.

ANGEFAHRENER: Mein Lebenswerk. Ich bin Wissenschaftler. Mein Lebenswerk. Die Tiere sind gewissermaßen mein Lebenswerk. Ich bin Wissenschaftler. Und jetzt sind die Tiere fort. Wenn Sie gleich gesucht hätten, hätten Sie sie vielleicht noch erwischt. Ich kann doch nicht suchen ohne Brille. Ich bin Wissenschaftler.

POLIZIST: Also, wenn Ihre Augen schlecht sind – Ihr Mundwerk funktioniert ja noch ganz gut.

ANGEFAHRENER: Was wollen Sie damit sagen?

POLIZIST: Nichts.

ZEUGE *schreit auf:* Hier. Da!

POLIZIST: Sie sind vorerst ruhig. Sie kommen schon noch dran.

ZEUGE: Nein. Ich habe die Brille gefunden. *Er gibt dem Angefahrenen die Brille. Der setzt sie schnell auf.*

ANGEFAHRENER *vorwurfsvoll:* Ein Glas ist zerbrochen.

POLIZIST: Lassen S' schauen! Tatsächlich. *Verbessert in seinem Notizbuch:* Nicht in Verlust geraten, teilweise zu Bruch gegangen.

ANGEFAHRENER: Da sehe ich ja nur die Hälfte.

POLIZIST: Besser wie nix. Aber wie war das jetzt mit Ihre weißen Mäuse?

ANGEFAHRENER *schaut herum:* Diese Person da, oder Dame, hat mich – die hat mich mit ihrem Fahrrad umgefahren – und dann ist meine Tüte –

ZEUGE: Ich hab's gesehen. Mein Name ist Hierl. Ich bin Zeuge.

POLIZIST: Sie sind vorerst ruhig. Sie kommen schon noch dran. *Zum Angefahrenen:* Sie haben fünf weiße Mäuse in einer Papiertüte transportiert.

ANGEFAHRENER: Jawohl.

POLIZIST: Und jetzt sind die Mäuse weg.

ANGEFAHRENER: Jawohl.

POLIZIST: Hm. *Notiert.* Fünf Mäuse, weiß, in Verlust geraten. *Zum Angefahrenen:* Können Sie die Mäuse beschreiben?

ANGEFAHRENER: Ja, weiß.

POLIZIST: Weiß. Hm. Genau können Sie es nicht beschreiben?

ANGEFAHRENER: Mattweiß.

POLIZIST: Hmm. Na ja. *Notiert:* mattweiß. – Daß's fünfe waren, wissen Sie bestimmt?

ANGEFAHRENER: Ich bitte Sie! Die Mäuse waren mein Lebenswerk. Ich bin Wissenschaftler. Das wird die Dame teuer zu stehen kommen!

POLIZIST: So. Jetzt brauch' ich aber vorerst Ihre Personalien.

ANGEFAHRENER: Schlappner, Wilhelm.

POLIZIST: Mmm. *Notiert:* Professor Schlappner –

ANGEFAHRENER: Nein! Nein! Nicht Professor. Noch nicht Professor.

POLIZIST: Ach so. War ja nicht bös' gemeint. *Notiert:* Doktor Schlappner.

ANGEFAHRENER: Nein. Auch nicht Doktor. Noch nicht Doktor.

POLIZIST: So? Was sind S' denn dann?

ANGEFAHRENER: Wissenschaftler. Ich bin Assistent an dem Institut dort. Genauer gesagt: Verwalter einer Assistentenstelle. Assistent wird man erst, wenn man promoviert hat. Aber es ist praktisch das gleiche. Sie können ohne weiteres schreiben: Wissenschaftlicher Assistent.

POLIZIST: Mmm. *Notiert.* Alter?

ANGEFAHRENER: Achtunddreißig.

POLIZIST: Achtunddreißig?

ANGEFAHRENER: Ja, wieso?

POLIZIST: Achtunddreißig? Also, mich geht's ja nichts an. Aber achtunddreißig, und Sie sind nicht einmal Doktor? In dem Alter werden ja die anderen schon wieder pensioniert. Fast.

ANGEFAHRENER: Ich sehe schlecht. Ich kann nicht so schnell lesen wie die andern.

POLIZIST: Ach so. Das ist natürlich was anderes. Und die weißen Mäuse waren Ihr Lebenswerk.

ANGEFAHRENER: So ist es.

POLIZIST *zur Radfahrerin:* Das wird Ihnen teuer zu stehen kommen, mein' ich.

Radfahrerin klingelt aus Verlegenheit.

POLIZIST: Unterlassen Sie die akustischen Signale.

ZEUGE: Jetzt klingelt sie. Vorhin hat sie nicht geklingelt. Mein Name ist Hierl, ich bin Zeuge. Ich habe es genau gehört, daß sie nicht geklingelt hat. Das heißt, ich habe nicht gehört, daß sie ...

ANGEFAHRENER: Sie hat nicht geklingelt!

POLIZIST: Jetzt sind Sie ruhig. Jetzt ist er dran. Also, haben Sie genau gehört, daß sie nicht geklingelt hat, oder haben Sie nicht genau gehört, ob sie geklingelt hat?

ZEUGE: Ich habe gehört, daß sie nicht geklingelt hat. Beziehungsweise das kann man ja nicht hören, wenn einer nicht klingelt. Ich habe sie nicht klingeln hören, das aber genau.

POLIZIST: Sie haben also kein Klingeln wahrgenommen?

ZEUGE: Nein.

POLIZIST: Also hat sie doch geklingelt.

ZEUGE: Nein, ich meine: Ja.

POLIZIST: Haben Sie kein Klingeln wahrgenommen, oder haben Sie nur nicht wahrgenommen, ob ein Klingeln stattgefunden hat oder nicht?

ZEUGE: Ja richtig, beziehungsweise: Nein.

POLIZIST: Aha, Mm. Gut – *notiert.* Dann ist der Fall ja schon fast klar. *Zur Radfahrerin:* Eine schamlose Unvorsichtigkeit. Das wird Sie, glaube ich, teuer zu stehen kommen! Jetzt brauche ich einmal Ihre Personalien.

RADFAHRERIN: Ich Türk – Türk.

POLIZIST: Auwehzwick! Eine Türkin. – Du – Türk?

RADFAHRERIN: Türk! Türk!

POLIZIST: Der Ausweis?

RADFAHRERIN: Nix Ausweis – ich Türk – verstehen? Türk!

POLIZIST: Ich hab' dich schon verstanden. Herrschaftszeiten. Muß das jetzt eine Türkin sein. Da brauchen wir ja glatt einen Dolmetscher. *Zum Zeugen:* Sie können nicht zufällig türkisch? Nein? *Zum Angefahrenen:* Sie? Na ja. Kein Mensch kann türkisch. Ich auch nicht. Muß eine sehr schwere Sprache sein. Ich hab' gehört, daß die Türken selber gar nicht gescheit türkisch können, die armen Teufel. *Zur Radfahrerin:* Du Türk?

RADFAHRERIN: Ja, ja. Türk.

POLIZIST *zum Zeugen:* Obwohl natürlich, wenn so einer, wie der verhinderte Professor da, der kaum was sieht, mit seinen weißen Mäusen so einfach über die Straße geht –

ZEUGE: Gelaufen, er ist gelaufen.

ANGEFAHRENER: Ich hatte es eilig. Meine S-Bahn –

POLIZIST: So! Gelaufen. Fast nichts sehen, und dann über die Fahrbahn laufen. Mit einem Sack voll weißer Mäuse!

ANGEFAHRENER: Fast nichts sehen ist übertrieben. Ich sehe schlecht, ja, aber –

POLIZIST: Vorhin haben S' gesagt, Sie sehen fast überhaupt nichts.

ZEUGE: Ja, ich bin Zeuge. Mein Name ist Hierl.

POLIZIST: Mit einem Sack voll weißer Mäus' über die Straße laufen. Das ist ja direkt eine Gemeingefahr.

ANGEFAHRENER: Ich wüßte nicht, was da gefährlich sein sollte.

POLIZIST: Sie sind gefährlich!

ZEUGE *zum Angefahrenen:* Schleichen S' Ihnen!

ANGEFAHRENER: Sie haben mir überhaupt nichts zu sagen. Der Polizist vielleicht. Aber Sie am allerwenigsten.

POLIZIST: Aber recht hat er. Jetzt sehen S', daß weiterkommen, bevor ich Ihnen als unzulässigen Menschenauflauf betrachten muß.

ANGEFAHRENER: Sie – Sie – Sie – Sie wissen wohl nicht, wer ich bin!

ZEUGE: Ein Hanswurst sind Sie.

ANGEFAHRENER: Das brauche ich mir nicht gefallen zu lassen. Ich bestehe auf Respekt vor der Wissenschaft.

POLIZIST: Jetzt hören S' auf. Sie mit Ihrem Flohzirkus.

ANGEFAHRENER: Flohz – Flohz ...

ZEUGE *äfft ihn nach:* Flohz – Flohz –

ANGEFAHRENER: Das ist mein wissenschaftliches Lebenswerk.

ZEUGE: War.

ANGEFAHRENER *den Tränen nahe:* Sie werden noch von mir hören! *Ab.*

POLIZIST: Ja, schau nur, daß d' net von uns hörst, du krummhaxeter Larifari, du.

ZEUGE: Leut' gibt's.

RADFAHRERIN: Ich – Türk –

POLIZIST: Ja, ist schon gut. Du weiterfahren, türkische Nudel. *Zum Zeugen:* Ein Türk sein ist schwer; die armen Teufel.

ZEUGE: Ja, schon die Sprache.

POLIZIST: Hm, und mit'm Lesen tun die sich auch schwer.

ZEUGE: Und überhaupt sind sie immer und überall benachteiligt, haben s' im Fernsehen g'sagt.

POLIZIST: Ja, soziologisch isoliert, quasi!

ZEUGE: Und nicht katholisch.

POLIZIST: Ein grausames Schicksal. Wissen S' – frühers, da hab' ich das auch nicht so verstanden. Aber jetzt, wo immer das Soziologische quasi von die Gastarbeiter im Fernsehen ist, jetzt versteh' ich das viel besser.

ZEUGE: Gastarbeiter sind auch Menschen.

POLIZIST: Haben auch sogar eine Mutter, oft.

ZEUGE: Mancher Gastarbeiter ist mir lieber als wie ein Preiß.

POLIZIST: Ja. Also dann – *salutiert und ab.*

Der Zeuge will gehen. Die Radfahrerin schreit auf, klingelt und deutet entsetzt auf den Boden.

RADFAHRERIN: Da läuft eine von seine weißen Mäus'.

ZEUGE: Wie bitte?

RADFAHRERIN: Bin ich jetzt derschrocken. Die lauft gradwegs auf mich zu. Zum Glück ist s' dann abbogen in den Gulli hinein.

ZEUGE: Entschuldigen S', aber –

RADFAHRERIN: Ja, bitte?

ZEUGE: Also – entweder kann ich jetzt plötzlich türkisch, oder –

RADFAHRERIN: Ach so, na na – ha, ha – ja, da schaun S', gell. Ich bin keine Türkin nicht.

ZEUGE: Aber Sie haben doch –

RADFAHRERIN: Ja – in gewisser Beziehung bin ich schon Türkin. Eine geborene Türk. Aus Eggenfelden, wenn S' wissen, wo das ist.

ZEUGE: Dann haben Sie ja ...

RADFAHRERIN: Ja, das mach' ich alleweil. Wenn Sie wisseten, wie blöd ich radfahr'. Wenn man so radfahrt wie ich, dann muß man sich irgendeine Ausred' zurechtlegen.

ZEUGE: Das ist ja ...

RADFAHRERIN: Und überhaupt – bei jedem Schalter in der Straßenbahn, überall, auf der Post und so, überall sag' ich: Ich – Türk – nix verstehen – ich, Türk – und stell' mich vorn hin. Die andern schimpfen zwar, aber das versteh' ich ja nicht, sozusagen. Haben S' mich? Früher war das anders, aber die Zeiten ändern sich. Wennst nicht ein Gastarbeiter bist – *setzt sich aufs Rad –*, dann bist nix. *Klingelt.* Und jetzt tät' ich an Ihrer Stelle auf d' Seiten gehen. Wenn ich losfahr', kann man gar nicht weit genug weggehen. *Fährt ab.*

ZEUGE *denkt eine Zeitlang nach:* Ein G'schwerl übereinand', diese Gastarbeiter.

Der Aschenbecher

PERSONEN: Der Bürgermeister, Sommerhauser und Kominek (zwei Gemeinderäte), Fräulein Gottlieb, die Sekretärin des Bürgermeisters

Die Szene ist das Sitzungszimmer des Bürgermeisteramtes einer kleinen Gemeinde. Bevor der Vorhang aufgeht, hört man Lärm, Schreien, Poltern von Stühlen, Klirren einer zerbrechenden Fensterscheibe. Dann Ruhe. Beim Aufgehen des Vorhangs ist das Sitzungszimmer etwas derangiert. Ein paar Stühle sind umgefallen. Niemand ist zu sehen. Fräulein Gottlieb stürzt herein und schaut sich entsetzt um.

FRL. GOTTLIEB: Marandjosef, Herr Bürgermeister, ist was passiert? *Es rührt sich nichts.* Herr Bürgermeister! Herr Bürgermeister! *Es rührt sich nichts. Frl. Gottlieb sieht das zerbrochene Fenster.* Jessas na – die Scheiben ist hin – Herr Bürgermeister!

Langsam kommt Sommerhauser aus seinem Versteck gekrochen. Er spricht ganz langsam und verschreckt, bewegt sich wie ein Geblendeter.

SOMMERHAUSER: Entsetzlich. Entsetzlich.

FRL. GOTTLIEB: Ja, Herr Sommerhauser, wie schauen denn Sie aus?

SOMMERHAUSER: Grauenvoll.

FRL. GOTTLIEB: Was ist denn passiert? Wo ist denn der Herr Bürgermeister? Ja, reden S' doch, soll ich die Polizei verständigen?

SOMMERHAUSER: Wer sind Sie?

FRL. GOTTLIEB: Ja, Herrschaftszeiten – ja, sind Sie übergeschnappt? Kennen Sie mich nicht mehr? Ich bin die Fräulein Gottlieb –

SOMMERHAUSER: Ach so, ja, ja.

Sommerhauser stellt mühsam einen Stuhl wieder auf die Beine und läßt sich drauffallen.

SOMMERHAUSER: Ein Bild des Grauens. Bis in meine Todesstunde werde ich daran denken. Bis in meine Todesstunde!

FRL. GOTTLIEB: Jetzt kommt mir das langsam vor wie ein Kasperltheater. Wo ist denn der Herr Bürgermeister? Reden S' doch – und wo ist der Herr Kominek? Der war doch vorhin auch noch da, wie ich einen Schnaps hereingebracht habe.

SOMMERHAUSER *erinnert sich dunkel:* Ja – ja – einen Schnaps. Sie haben einen Schnaps hereingebracht. Und ich habe ein Stamperl getrunken. *Feierlich:* Ja, Fräulein Gottlieb, ich habe ein Stamperl getrunken –

FRL. GOTTLIEB: Hat's die Schnapsflaschen zerrissen?

SOMMERHAUSER: – und bevor ich das zweite Stamperl getrunken habe, hat sich – hat sich das Grauenvolle abgespielt. Verstehen Sie, Fräulein Gottlieb?

FRL. GOTTLIEB: Was reden S' denn so komisch? Wie das Wort zum Sonntag?

SOMMERHAUSER: Die Welt ist nicht mehr die Welt, wie sie war, wie ich dieses erste Stamperl getrunken habe. Da steht's noch. Schenken Sie mir einen Schnaps ein, Fräulein Gottlieb.

Fräulein Gottlieb tut es mit zitternden Händen.

FRL. GOTTLIEB: Mir wird schon ganz anders.

SOMMERHAUSER: Prost. *Trinkt.* Ich sag' Ihnen, Fräulein

Gottlieb. Zwischen diesem Stamperl und dem vorigen, da klafft ein Abgrund. Ein unnennbarer Abgrund.

Es regt sich etwas. Fräulein Gottlieb erschrickt, läßt fast die Schnapsflasche fallen. Kominek kommt aus seinem Versteck gekrochen.

FRL. GOTTLIEB: Mei, bin ich jetzt erschrocken. Aber Sie reden ja auch schon wie bei einer Leich'.

KOMINEK, *auch er redet mit Grabesstimme:* Ist er weg?

SOMMERHAUSER: Freilich ist er weg.

FRL. GOTTLIEB *schreit auf:* Der Bürgermeister?

KOMINEK: Entsetzlich.

SOMMERHAUSER: Ein Bild des Grauens.

KOMINEK: Ich sage Ihnen, Herr Kollege Sommerhauser, eine Strafe des Himmels.

SOMMERHAUSER: Eine Apokalypse.

KOMINEK: Anders kann man es gar nicht bezeichnen.

SOMMERHAUSER *laut:* Max!

FRL. GOTTLIEB: Wo ist der Herr Bürgermeister?

KOMINEK *wendet sich an Fräulein Gottlieb:* Sehen Sie dieses Fenster?

FRL. GOTTLIEB: Ja, freilich. Das habe ich gleich gesehen.

KOMINEK: Durch dieses Fenster –

FRL. GOTTLIEB *schrill:* – haben Sie den Bürgermeister hinausgeworfen?

KOMINEK: Nein!

FRL. GOTTLIEB: Ist er von selber hinausgesprungen?

SOMMERHAUSER: Ein Bild des Grauens –

FRL. GOTTLIEB *fast weinend:* Der Bürgermeister ist zum Fenster hinuntergesprungen?

KOMINEK: Eine Strafe des Himmels. Eine gerechte Strafe des Himmels!

SOMMERHAUSER *laut:* Ma – ax!

Fräulein Gottlieb beginnt zu weinen. Der Bürgermeister kommt aus seinem Versteck.

FRL. GOTTLIEB: Ist das sein Geist? Jesus Maria und Josef, steh mir bei. Spinn' ich jetzt auch schon?

BÜRGERMEISTER: Ist er weg?

FRL. GOTTLIEB: Wer soll denn weg sein –?

KOMINEK: Eine gerechte Strafe des Himmels.

BÜRGERMEISTER *düster, auch noch im Banne des Entsetzens:* Und das sagt ausgerechnet einer von der SPD.

FRL. GOTTLIEB: Herr Bürgermeister! Herr Bürgermeister!

Der Bürgermeister schleppt sich mühsam zu einem Sessel und läßt sich hineinfallen.

BÜRGERMEISTER *zu Fräulein Gottlieb:* Ja?

FRL. GOTTLIEB: Jetzt sagen S' endlich, was war denn los?

Die drei Männer nehmen gleichzeitig gestikulierend Anlauf, um das grauenvolle Ereignis zu schildern, das eben vorgefallen ist. Sie bringen aber kein Wort heraus. Endlich rafft sich der Bürgermeister auf.

BÜRGERMEISTER: Der Aschenbecher.

FRL. GOTTLIEB: Was für ein Aschenbecher?

BÜRGERMEISTER: Der blaue Aschenbecher. Hier auf dem Tisch! Erinnern Sie sich nicht an den blauen Aschenbecher, hier auf dem Tisch?

FRL. GOTTLIEB: Den wo Ihnen die Firma Stark & Fuhrmann geschenkt hat?

KOMINEK: Eine gerechte Strafe des Himmels!

BÜRGERMEISTER: Gehen S', was soll denn das? Wegen einem Aschenbecher? Der ist doch nichts wert. Und außerdem hat den die Firma nicht mir geschenkt, sondern dem Bürgermeister, quasi dem Amt. Deswegen habe ich ihn ja nicht mit heimgenommen, sondern hiergelassen. *Er malt sich einen Moment Entsetzliches aus.* Mein Gott! Wenn ich ihn mit heimgenommen hätte –

FRL. GOTTLIEB: Und was ist mit dem Aschenbecher?

BÜRGERMEISTER: Fräulein Gottlieb?

FRL. GOTTLIEB: Ja?

BÜRGERMEISTER: Kann ein Aschenbecher fliegen?

FRL. GOTTLIEB: Nein.

BÜRGERMEISTER: Der Aschenbecher hat sich langsam vom Tisch erhoben, grad wie Sie wieder draußen waren, nachdem Sie den Schnaps gebracht haben –

KOMINEK: Ich rühre keinen Schnaps mehr an. Heiliger Herr und Gott.

SOMMERHAUSER: Na, na, na!

BÜRGERMEISTER: Hebt sich langsam vom Tisch, bleibt ungefähr in dieser Höhe einen Augenblick schweben –

SOMMERHAUSER: Ein Bild des Grauens.

FRL. GOTTLIEB: Marandjosef –

BÜRGERMEISTER: Und schießt dann wie eine Rakete beim Fenster hinaus. So wahr ich hier sitze. Können Sie sich das erklären?

KOMINEK: Eine Strafe des Himmels.

SOMMERHAUSER: Dann wäre es aber eine sehr späte Strafe des Himmels, Herr Kollege Kominek.

FRL. GOTTLIEB: Soll ich – soll ich – die Feuerwehr holen? Oder die Polizei? Oder den Pfarrer?

BÜRGERMEISTER: Fräulein Gottlieb – meine Herrn, Franz, setz dich her, Herr Kominek – *er holt alle nahe zusammen* – es braucht vorerst, schlage ich vor, es braucht vorerst niemand von diesem peinlichen Vorfall, von diesem unerklärlichen Vorfall, braucht vorerst niemand, auch die Fraktionen nicht – wir verstehen uns? Fräulein Gottlieb – bitte, gehen Sie hinunter – er kann doch nicht weit geflogen sein, wenn Sie Scherben finden, nehmen Sie einen Besen mit, aber es soll niemand etwas, vorerst, Sie verstehen –

Fräulein Gottlieb geht hinaus.

BÜRGERMEISTER *nach einer Pause:* Wenn ich es nicht mit eigenen Augen gesehen hätte –

KOMINEK: Eine Strafe des Himmels.

BÜRGERMEISTER: So? Eine Strafe des Himmels? Und für wen, wenn ich fragen darf?

KOMINEK: Da, glaube ich, kommt nur einer in Frage, hier im Raum.

BÜRGERMEISTER: Das glaube ich allerdings auch. Aber ich glaube, wir meinen nicht den gleichen.

SOMMERHAUSER: Redet's ihr über mich?

BÜRGERMEISTER *lenkt ab:* – und wie eine Rakete hinaus.

SOMMERHAUSER: Wsss – t – pfeilgrad. Wie eine Rakete.

BÜRGERMEISTER: Ein Aschenbecher. Ein Aschenbecher aus blauem Glas.

KOMINEK: Von der Firma Stark & Fuhrmann.

BÜRGERMEISTER: Lassen Sie doch die Anzüglichkeiten.

SOMMERHAUSER: Ob der überhaupt – ich meine, wenn der schon wie eine Rakete hinausgeschossen ist – ob der überhaupt – ich meine, ob der nicht weiterschießt – immer weiter?

KOMINEK: Das geht ja gar nicht. Da steht ja der Kirchturm und dahinter das Spritzenhaus –

BÜRGERMEISTER: Dann ist er am Kirchturm zerschellt.

SOMMERHAUSER: Eben nicht! So wie er die Scheibe durchschlagen hat, durchschlägt er den Kirchturm, dann das Spritzenhaus, wie ein Geschoß, meine Herren, wie ein Geschoß!

BÜRGERMEISTER: Um Gottes willen –

SOMMERHAUSER: Und fliegt weiter und weiter, mäht Bäume nieder, fegt durch Häuser und Berge, wer weiß, was da für ein Unglück passiert, da passieren Katastrophen –

KOMINEK: Ja – aber –

BÜRGERMEISTER: Und dann fliegt er womöglich noch weiter –

SOMMERHAUSER: Und noch weiter –

BÜRGERMEISTER: – und noch weiter –

SOMMERHAUSER: – und immer weiter –

BÜRGERMEISTER *dreht sich um:* – ja, dann kommt er ja da wieder herein, wenn er die Erde umkreist hat.

Die drei gehen unwillkürlich in Deckung.

KOMINEK: Wenn er der Erdkrümmung folgt.

BÜRGERMEISTER: Was heißt das?

KOMINEK: Nachdem es für den Aschenbecher, den Sie von der Firma Stark & Fuhrmann geschenkt bekommen haben –

BÜRGERMEISTER: Hören S' doch auf.

KOMINEK: – die Schwerkraft nicht gibt, ist er vielleicht wirklich wie eine Rakete weitergeschossen? – nicht der Erdkrümmung nach, das wäre ja quasi nicht gradaus, sondern –

SOMMERHAUSER: Wo wär' er dann hin?

BÜRGERMEISTER: Hinaus.

KOMINEK: Ins Weltall.

Kurze Pause.

BÜRGERMEISTER: Ehrlich gesagt. Das wäre mir fast das liebste.

Fräulein Gottlieb kommt mit dem Aschenbecher herein.

FRL. GOTTLIEB: Das ist er doch?

Die drei Männer schauen sich an.

BÜRGERMEISTER *zu Fräulein Gottlieb:* Wo war er denn?

FRL. GOTTLIEB: Am Hof. Zwischen die Auto.

BÜRGERMEISTER: Und nicht kaputt?

FRL. GOTTLIEB: Das sehen S' doch.

SOMMERHAUSER: Ein ganz und gar unerklärlicher Vorgang.

FRL. GOTTLIEB *aufgeregt:* Jetzt nehmen S' ihn, bitte schön, ich hab' ihn lang genug getragen.

BÜRGERMEISTER: Franz, nimm ihn du –

SOMMERHAUSER: Der Herr Kominek –

KOMINEK: Stellen Sie ihn daher, Fräulein Gottlieb.

Fräulein Gottlieb stellt den Aschenbecher auf den Tisch.

FRL. GOTTLIEB: Brauchen Sie mich noch, Herr Bürgermeister?

BÜRGERMEISTER: Nein, danke, Sie können gehen.

FRL. GOTTLIEB: Soll ich den Glaser anrufen?

BÜRGERMEISTER: Was für einen Glaser?

FRL. GOTTLIEB: Für die Scheibe? Weil doch die Scheibe kaputt ist?

BÜRGERMEISTER: Nein, nein. Vorerst – nein, vorerst – vorerst nicht. Danke, Fräulein Gottlieb.

Fräulein Gottlieb geht hinaus. Die Herren setzen sich um den Tisch.

SOMMERHAUSER: Müssen wir das irgendwo melden?

BÜRGERMEISTER: Eine sehr unangenehme Geschichte.

KOMINEK: Ein Fingerzeig.

SOMMERHAUSER: Irgendwo muß man das doch sicher melden?

BÜRGERMEISTER: Schmarrn. Warum sollen wir das melden? Geht das jemand was an?

SOMMERHAUSER: Alles muß man irgendwo melden. Es gibt nichts, was man nicht melden müßte.

BÜRGERMEISTER: Ich wüßte nicht, wo ich das melden sollte –

SOMMERHAUSER: Dem Technischen Überwachungsverein, zum Beispiel –

KOMINEK: Das geht den Technischen Überwachungsverein überhaupt nichts an.

SOMMERHAUSER: Wie die Dampfspritze explodiert ist, haben wir's dem Technischen Überwachungsverein gemeldet.

KOMINEK: Beichten!

BÜRGERMEISTER: Die Dampfspritze – das war ja ganz was anderes – aber der Aschenbecher, nein, nein – den Aschenbecher brauchen wir nicht melden –

SOMMERHAUSER: Auch wenn er fliegt nicht?

BÜRGERMEISTER: Selbstverständlich nicht.

SOMMERHAUSER: Aber der Versicherung?

BÜRGERMEISTER: Wegen dem Fenster?

SOMMERHAUSER: Überhaupt, meine ich –

BÜRGERMEISTER: Das glaubt uns kein Mensch

SOMMERHAUSER: Aber wenn's doch so war!?

KOMINEK: Beichten.

BÜRGERMEISTER: Jetzt hören S' auf mit Ihrem dummen Gerede –

KOMINEK: Das sagt ausgerechnet ein Mitglied der CSU!

BÜRGERMEISTER: Wer redet denn die ganze Zeit, daß das eine Strafe des Himmels ist?

KOMINEK: Ein Fingerzeig!

BÜRGERMEISTER: Sie reden die ganze Zeit so. Ein SPD-Mitglied. Sie reden die ganze Zeit vom Beichten. Daß Sie sich nicht schämen!

KOMINEK: Wann waren Sie denn das letzte Mal bei der Beichte?

BÜRGERMEISTER: Das geht Sie gar nichts an.

SOMMERHAUSER *starrt auf den Aschenbecher:* Du, Max –

BÜRGERMEISTER: Das geht niemanden was an, wann ich das letzte Mal bei der Beichte war, am wenigsten einen von der SPD.

KOMINEK: Aber ich weiß, wann Sie das letzte Mal beim Beichten waren.

SOMMERHAUSER: Du, Max –

BÜRGERMEISTER: Woher wollen S' denn jetzt das wissen?

KOMINEK: Vom Herrn Pfarrer.

BÜRGERMEISTER: Der wird akkurat gerade Ihnen das sagen. Akkurat einem von der SPD.

KOMINEK: Vor acht Jahren.

BÜRGERMEISTER: Das geht niemand was an.

KOMINEK: Dabei hätten S' es vor sieben Jahren am notwendigsten gehabt, zum Beichten zu gehen.

BÜRGERMEISTER: Ich glaube, Sie brauchen am allerwenigsten reden.

SOMMERHAUSER: Max – Max – ich glaube, es lupft ihn wieder – *er fixiert den Aschenbecher.*

BÜRGERMEISTER: Ich habe nichts gesehen.

SOMMERHAUSER: Ich glaube, er ist schon wieder ein bissel auf d' Höh' –

Bürgermeister und Kominek untersuchen den Aschenbecher, ohne ihn aber anzurühren.

BÜRGERMEISTER: Keine Spur.

KOMINEK: Er steht auf dem Tisch, wie sich's gehört.

BÜRGERMEISTER: So. Der Pfarrer hat's Ihnen gesagt?

KOMINEK: Ja. Der Pfarrer.

BÜRGERMEISTER: Das ist ja – das ist ja Verrat des Beichtgeheimnisses!

KOMINEK: Des Nicht-Beichtgeheimnisses, höchstens.

BÜRGERMEISTER: Das verstehe ich nicht?

KOMINEK: Wenn Sie nicht beichten, kann der Pfarrer kein Geheimnis verraten.

BÜRGERMEISTER: Also jedenfalls geht's niemand was an, wann ich das letzte Mal bei der Beichte war –

KOMINEK: Ich wüßte schon, was Sie nicht gebeichtet haben –

BÜRGERMEISTER *laut:* Und ich weiß auch, was Sie nicht –

KOMINEK: Halt! Halt! – Ich habe es gebeichtet. Schon vor sieben Jahren.

BÜRGERMEISTER *sinkt in sich zusammen:* So. Und gebeichtet haben Sie es auch noch. Sie haben sich nicht geschämt, Ihre Schandtat auch noch zu beichten.

SOMMERHAUSER: Was redet's ihr denn da?

BÜRGERMEISTER: Und noch dazu, wo Sie bei der SPD sind.

KOMINEK: Wohltaten brauche ich nicht zu beichten. Nur Schandtaten kann man beichten.

BÜRGERMEISTER: Die Sache war doch erledigt. Es war doch abgemacht –

SOMMERHAUSER: Was schreist d' denn so, Max?

BÜRGERMEISTER: Halt du's Maul. – Es war doch abgemacht, daß davon kein Wort mehr verlautet.

KOMINEK: Selbstverständlich.

BÜRGERMEISTER: Hundertzwanzigtausend Mark.

KOMINEK: Selbstverständlich.

BÜRGERMEISTER: Und kein Wort mehr davon.

KOMINEK: Aber Sie können mir doch nicht verbieten, mein Gewissen durch die Beichte zu erleichtern?

BÜRGERMEISTER: Hoffentlich haben S' wenigstens in der Stadt drinnen gebeichtet, nicht hier im Dorf –

KOMINEK: Nein. Ich gehe bei meinem Pfarrer zur Beichte. Seit Jahren.

BÜRGERMEISTER: Beichtet der das unserem Pfarrer – dieser Ratschen.

SOMMERHAUSER: Von was redet's ihr denn?

BÜRGERMEISTER: Laß mich doch in Ruhe. – Ja, jetzt wird mir einiges klar, Herr Kominek. Warum mich der Pfarrer so komisch angeschaut hat, damals … – und bei der Fronleichnamsprozession – ich habe genau gesehen, daß der Pfarrer das Weihwasser direkt neben mir vorbeigespritzt hat. Das war Absicht!

KOMINEK: Sie könnten es ja noch beichten!

BÜRGERMEISTER: Jetzt? Nach sieben Jahren?

KOMINEK: Zur Umkehr ist es nie zu spät.

SOMMERHAUSER: Jetzt hat's ihn wieder g'lupft –

BÜRGERMEISTER: Aber Sie kehren nicht um? Sie geben die hundertzwanzigtausend Mark nicht zurück – auch dazu wäre es nicht zu spät –

SOMMERHAUSER: Ich hab's genau gesehen –

BÜRGERMEISTER: Ich möchte –

SOMMERHAUSER: Halt, halt – er fängt wieder an. *Sommerhauser stürzt sich auf den Aschenbecher und drückt ihn auf den Tisch nieder.*

BÜRGERMEISTER: Ich habe nichts gesehen.

SOMMERHAUSER: Freilich. Ich spür's doch. Wenn ich ihn nicht hinunterdrucken tät', wär' er schon wieder auf der Höh' –

KOMINEK: Lassen S' sehen.

SOMMERHAUSER: Ja – bitte – Vorsicht!

Kominek übernimmt Sommerhausers Position am Aschenbecher, aber so, daß der Aschenbecher ständig niedergedrückt bleibt.

SOMMERHAUSER: Spüren S' es?

KOMINEK: Tatsächlich.

BÜRGERMEISTER: Laßt's mich auch hin.

Nun nimmt in gleicher Weise wie vorhin der Bürgermeister die Drückposition am Aschenbecher ein.

BÜRGERMEISTER: Er will wieder weg.

SOMMERHAUSER: Das müssen wir melden.

BÜRGERMEISTER: Ich spür' es ganz deutlich.

SOMMERHAUSER: Das müssen wir melden.

BÜRGERMEISTER: Ja wo sollen wir's denn melden?

SOMMERHAUSER: Du bist der Bürgermeister, du mußt es wissen.

KOMINEK: Vielleicht dem Landrat?

BÜRGERMEISTER: Der lacht uns doch aus.

SOMMERHAUSER: Dann soll er herkommen, und er soll am Aschenbecher drucken, dann wird ihm s' Lachen schon vergehen.

BÜRGERMEISTER: Der Landrat kommt wegen keinem Aschenbecher hier heraus.

KOMINEK: Wegen einem, der fliegt, vielleicht schon.

BÜRGERMEISTER: Außerdem bin ich dagegen – Herrschaftszeiten, mir tut schon der Arm weh – Franz, geh her, halt du –

SOMMERHAUSER: Warum denn ich? Du bist der Bürgermeister.

BÜRGERMEISTER: Herr Kominek –

KOMINEK: Ich schließe mich dem Kollegen Sommerhauser an.

BÜRGERMEISTER: Der hat eine Gewalt, der Aschenbecher.

SOMMERHAUSER: Ja, das hab' ich gemerkt.

BÜRGERMEISTER: Franz, gib das Adreßbuch da drüben her. Das legen wir drauf –

Sommerhauser holt das Adreßbuch.

SOMMERHAUSER: Wir müssen das melden. Da bleibt uns nichts anderes übrig.

BÜRGERMEISTER: Wir melden das nicht.

SOMMERHAUSER: Wir werden die ärgsten Schwierigkeiten kriegen, wenn wir das nicht melden.

KOMINEK: Vielleicht dem Bundesluftfahrtamt.

BÜRGERMEISTER: So ein Blödsinn.

KOMINEK: Das wäre in Braunschweig.

SOMMERHAUSER: Dem Landrat.

BÜRGERMEISTER: Jetzt leg zuerst einmal das Buch auf den

Aschenbecher – halt, Vorsicht! – gleichzeitig! Gleichzeitig! – Ich nehm' die Händ' weg, und du legst das Buch drauf.

Kurzer Tumult, alle drei machen sich am Buch und am Aschenbecher zu schaffen. Sie schreien: Halt! Vorsicht! Au – tu deine Griffeln weg usw. Zum Schluß halten Bürgermeister und Sommerhauser das Buch auf dem Aschenbecher fest.

SOMMERHAUSER: Jetzt fliegt auch das Buch.

BÜRGERMEISTER: Das Buch fliegt nicht. Das Buch ist nur zu leicht.

SOMMERHAUSER: Vorsicht! Das Buch fällt herunter –

BÜRGERMEISTER: Daß der Kerl so eine Kraft hat.

Gepolter. Das Adreßbuch fällt zu Boden. Bürgermeister und Sommerhauser halten gemeinsam den Aschenbecher fest.

SOMMERHAUSER: Ob man's nicht doch melden soll?

KOMINEK: Am besten läßt man ihn fliegen.

BÜRGERMEISTER: Sind Sie wahnsinnig?

KOMINEK: Dann sind wir ihn los.

BÜRGERMEISTER: Und was dann alles passieren könnte?

SOMMERHAUSER: Die Gemeinde kann ja schließlich nichts dafür, wenn ein Aschenbecher zum Fliegen anfängt.

BÜRGERMEISTER: Aber ich will nicht, daß aus meinem Zimmer Aschenbecher zum Fenster hinausfliegen.

KOMINEK: Vor allem nicht solche, die von der Firma Stark & Fuhrmann sind. Der das falsche Gutachten über das Abwasserkontingent hundertzwanzigtausend Mark wert war.

BÜRGERMEISTER: Das war kein falsches Gutachten.

KOMINEK: Aber echte hundertzwanzigtausend Mark.

BÜRGERMEISTER: Sie haben sie selber nachgezählt.

KOMINEK: Darauf können Sie sich verlassen.

SOMMERHAUSER: Was für hundertzwanzigtausend Mark?

BÜRGERMEISTER *schreit:* Spinnst du, Franz, halt fest! Er fliegt doch sonst.

SOMMERHAUSER: Entschuldigung.

BÜRGERMEISTER: Da mußt mit aller Kraft drücken, glaubst. Mit solch einer Gewalt will er wieder auf die Höhe. Was machen wir denn bloß.

SOMMERHAUSER: Man sollte doch den Landrat anrufen.

BÜRGERMEISTER: Der Landrat kann da auch nichts tun. Soll ich den Landrat anrufen und bitten, daß er hilft, einen Aschenbecher niederdrücken?

SOMMERHAUSER: Aber wir können doch nicht die ganze Nacht hier den Aschenbecher festhalten.

BÜRGERMEISTER: Wenn's nur die Nacht wär'!

KOMINEK: Für immer!

BÜRGERMEISTER: Malen S' nicht den Teufel an die Wand.

KOMINEK: Ein Zeichen des Himmels.

BÜRGERMEISTER: Sie haben S' am meisten nötig, vom Zeichen des Himmels zu sprechen, ausgerechnet Sie von der SPD. Außerdem haben Sie letzten Endes die hundertzwanzigtausend Mark bekommen.

KOMINEK: Ich habe keinen Pfennig davon für mich verwendet.

BÜRGERMEISTER: Daß ich nicht lach'!

SOMMERHAUSER: Bald krieg' ich einen Krampf im Arm.

BÜRGERMEISTER: Sie könnten ruhig einmal einen von uns ablösen, Herr Kominek.

Kominek will den Bürgermeister ablösen, aber auch Sommerhauser meint, er würde abgelöst; Geschrei – unsichtbar fürs Publikum ist der Aschenbecher ein wenig in die Höhe geflogen und wird nun von allen dreien wieder niedergehalten.

BÜRGERMEISTER: So geht das nicht weiter.

SOMMERHAUSER: Man muß jemanden verständigen.

BÜRGERMEISTER: Fräulein Gottlieb!

Fräulein Gottlieb kommt herein.

FRL. GOTTLIEB: Ja, bitte, Herr Bürgermeister?

BÜRGERMEISTER: Rufen S' den Landrat an –

FRL. GOTTLIEB: Ja, und was soll ich sagen?

BÜRGERMEISTER: Sagen Sie – nein, sagen Sie gar nichts, legen Sie das Gespräch hier herein. Und stellen Sie mir das Telephon von meinem Schreibtisch hierher, daß ich es erreiche –

FRL. GOTTLIEB: Was machen Sie denn da mit dem Aschenbecher –

BÜRGERMEISTER: Sie sollen nicht fragen! Sie sollen den Landrat anrufen!

FRL. GOTTLIEB: Jaa – jaa – Entschuldigung.

Fräulein Gottlieb geht hinaus.

KOMINEK: Die Feuerwehr wäre besser.

BÜRGERMEISTER: Nicht den Landrat?

KOMINEK: Der Landrat ... was soll denn –

BÜRGERMEISTER: Er hat schließlich die Rechts- und Fachaufsicht über die Gemeinde.

KOMINEK: Aber nicht über die Aschenbecher.

BÜRGERMEISTER: Fräulein Gottlieb! – *zu Kominek:* Sie haben recht. Die Feuerwehr ist besser. – Fräulein Gottlieb!

Fräulein Gottlieb kommt herein.

FRL. GOTTLIEB: Ja – was ist denn schon wieder?

BÜRGERMEISTER: Rufen Sie nicht den Landrat an –

FRL. GOTTLIEB: Nicht den Landrat –

BÜRGERMEISTER: Nein. Rufen Sie –

SOMMERHAUSER: Merkst was? Max?

KOMINEK: Er läßt nach.

BÜRGERMEISTER: Ja. Er läßt nach.

FRL. GOTTLIEB: Was haben Sie denn da mit dem Aschenbecher?

KOMINEK: Er läßt deutlich nach.

BÜRGERMEISTER: Er erlahmt.

SOMMERHAUSER: Vielleicht gibt er auf.

BÜRGERMEISTER: Herr im Himmel. Ich stifte eine Kerze –

KOMINEK: Und wenn wir ihn in den Schrank sperren?

BÜRGERMEISTER: In welchen Schrank?

KOMINEK: Was ist denn in dem Schrank dort?

BÜRGERMEISTER: Akten.

KOMINEK: Wir sperren ihn dazu. Soll er im Schrank auf- und abfliegen.

BÜRGERMEISTER: Fräulein Gottlieb. Sperren Sie den Schrank auf. – Hier in meiner Tasche ist der Schlüssel. Nein, in der anderen –

Fräulein Gottlieb sperrt den Schrank auf. Die drei Männer tragen gemeinsam vorsichtig den Aschenbecher in den Schrank. Der Bürgermeister sperrt zu. Die drei lauschen –

BÜRGERMEISTER: Nichts.

SOMMERHAUSER: Dann hat er aufgegeben.

KOMINEK: Zumindest vorerst.

FRL. GOTTLIEB: Soll ich jetzt den Landrat anrufen oder nicht?

BÜRGERMEISTER: Sie sollen gar niemanden anrufen. Und was Sie hier gesehen haben, vergessen Sie sofort. Verstehen Sie? Das ist Ihre Dienstpflicht, quasi.

Fräulein Gottlieb geht murrend hinaus. Die drei Männer setzen sich zwar aufatmend, aber immer noch unruhig zum Schrank hin horchend, wieder in die Sessel.

BÜRGERMEISTER: Es rührt sich nichts.

KOMINEK: Die Ruhe vor dem Sturm.

Kurze Pause.

BÜRGERMEISTER: Jetzt würde mich schon interessieren: Und wer hat denn das Kupferdach auf Ihrem Haus bezahlt?

KOMINEK: Ich.

BÜRGERMEISTER: Natürlich Sie. Aber woher Sie das Geld haben, möchte ich gern wissen, zum Bezahlen?

KOMINEK: Das geht keinen Menschen was an.

BÜRGERMEISTER: Von den hundertzwanzigtausend Mark haben Sie nämlich das Kupferdach bezahlt. Genau von den hundertzwanzigtausend Mark, die Sie bekommen haben. Ich frage mich überhaupt, wieso ein Sozialist ein Kupferdach braucht.

KOMINEK: Wieso soll ausgerechnet ein Sozialist kein –

BÜRGERMEISTER: Weil ein Kupferdach asozial ist.

KOMINEk: Warum soll ein –

BÜRGERMEISTER: Ein Kupferdach ist – das ist, das hat doch den Anstrich von etwas Millionärischem, oder? Müssen Sie doch zugeben!

KOMINEK: Der Herr Kollege Sommerhauser hat auch ein Kupferdach auf seinem Haus.

BÜRGERMEISTER: Ja, der ist aber nicht bei der SPD. Der ist bei der CSU.

KOMINEK: Kupferdächer sind für alle da.

BÜRGERMEISTER: Ja. Kleine. Aber nicht so große. Für hundertzwanzigtausend Mark.

KOMINEK: Hundertacht.

BÜRGERMEISTER: Hundertachttausend?

KOMINEK: Ja.

BÜRGERMEISTER: Und wo haben Sie die restlichen zwölftausend hingebuttert?

SOMMERHAUSER *schnüffelnd:* Ich glaub' – ich glaub' –

KOMINEK: Das geht überhaupt niemand was an …

BÜRGERMEISTER: Und wieso behaupten Sie –

KOMINEK: Ich habe die vollen hundertzwanzigtausend Mark, das Schandgeld, sozusagen, an die Parteikasse weitergeleitet.

BÜRGERMEISTER: Also in Ihre Kasse. Ha, ha!

KOMINEK: In die Parteikasse von der SPD.

BÜRGERMEISTER: Und Sie sind Kassier vom Ortsverband.

KOMINEK: Was hat das damit zu tun?

BÜRGERMEISTER: Weil ich weiß, daß Sie damit ein Sperrkonto errichtet haben –

KOMINEK: Auf den Namen des Ortsverbandes.

BÜRGERMEISTER: Und dann haben Sie – und zwar Sie persönlich – einen Kredit in gleicher Höhe aufgenommen …

SOMMERHAUSER: Ich glaube, da brandlt's.

KOMINEK: Woher wissen Sie das?

BÜRGERMEISTER: Und haben damit Ihr kapitalistisches Kupferdach finanziert.

KOMINEK: Ich verbitte mir das.

BÜRGERMEISTER: Kapitalistisches Kupferdach.

KOMINEK: Ein Kupferdach muß nicht kapitalistisch sein. Kann – aber muß nicht.

SOMMERHAUSER: Du, Max – da brandlt was –

KOMINEK: Und woher wollen Sie das alles überhaupt wissen?

BÜRGERMEISTER: Ganz einfach – vom Bankdirektor.

KOMINEK: Das ist ja ein glatter Bruch des Bankgeheimnisses.

BÜRGERMEISTER: Überhaupt nicht. Weil nämlich der Bankdirektor bei der CSU ist. Wo er hingehört.

KOMINEK: Und da ist es kein Bruch des Bankgeheimnisses?

BÜRGERMEISTER: Logisch nicht. Unter Parteifreunden gibt's keine Geheimnisse. Das müßten Sie von der SPD am besten wissen.

SOMMERHAUSER *schnüffelt zum Schrank hin, in den sie den Aschenbecher gesperrt haben:* Du, Max – ich glaube –

Die beiden anderen schnüffeln nun auch.

KOMINEK: Ich riech' nichts.

BÜRGERMEISTER: Die SPD riecht immer erst am Schluß, wo's stinkt. Tatsächlich ... da brandelt's.

SOMMERHAUSER: Aus dem Kasten ...

KOMINEK: Jetzt riech' ich's auch.

BÜRGERMEISTER: Ha, ha! Sehen S'. Erst, wenn man's Ihnen sagt, dann riechen S' es.

SOMMERHAUSER: Soll ich ihn aufmachen, den Kasten?

BÜRGERMEISTER: Ich weiß nicht –

KOMINEK: Wieso soll's da brandln?

SOMMERHAUSER: Der Aschenbecher wahrscheinlich.

KOMINEK: Ein Aschenbecher aus Glas kann doch nicht in Brand geraten?

BÜRGERMEISTER: Wahrscheinlich ist er unruhig hin und her –

SOMMERHAUSER: Weil er eingesperrt war, quasi.

BÜRGERMEISTER: Wahrscheinlich mit hoher Geschwindigkeit hin und her –

SOMMERHAUSER: Dann haben sich die Akten entzündet –

KOMINEK: Durch die Reibung?

BÜRGERMEISTER: Besser, wir machen auf.

SOMMERHAUSER: Vorsicht –

Die drei machen vorsichtig den Schrank auf.

BÜRGERMEISTER: Brennen tut nichts.

SOMMERHAUSER: Aber der Aschenbecher liegt ganz woanders, als wo du ihn hingelegt hast.

BÜRGERMEISTER: Dann tun wir ihn lieber wieder heraus.

KOMINEK: Aber vorsichtig.

BÜRGERMEISTER: Er ist doch ganz ruhig. *Der Bürgermei-*

ster hält den Aschenbecher auf der flachen Hand. Da schaut's her –

SOMMERHAUSER: Vielleicht war es ihm eine Lehre, daß er eingesperrt war.

Der Bürgermeister stellt den Aschenbecher wieder auf den Tisch.

SOMMERHAUSER: Jetzt tät' mich eins interessieren: Wer hat denn eigentlich die hundertzwanzigtausend Mark bekommen? Du oder Sie?

BÜRGERMEISTER und KOMINEK *gleichzeitig, indem sie aufeinander zeigen:* Er.

SOMMERHAUSER: Beide?

KOMINEK *zu Sommerhauser:* Und Sie brauchen am wenigsten reden.

BÜRGERMEISTER: Der Herr Kominek, von der SPD, hat die hundertzwanzigtausend bekommen und hat sich dafür ein Kupferdach machen lassen.

KOMINEK: Aber erst haben Sie das Geld bekommen, Herr Bürgermeister von der CSU, von der Firma Stark & Fuhrmann –

BÜRGERMEISTER: Ich habe es nicht länger als drei Tage gehabt –

SOMMERHAUSER: Und warum hast du ihm das Geld gegeben –

BÜRGERMEISTER: Frag nicht so dumm, weil ich halt müssen hab'.

SOMMERHAUSER: Das versteh' ich nicht.

KOMINEK: Aber das verstehen Sie schon –

BÜRGERMEISTER: Pst – der Aschenbecher hört womöglich zu.

SOMMERHAUSER: Was?

KOMINEK: Oder erinnern Sie sich vielleicht nicht mehr, daß Sie zwölftausend Mark bekommen haben –

BÜRGERMEISTER: Er hat zwölftausend Mark bekommen?

KOMINEK: Ja, natürlich. Zehn Prozent.

BÜRGERMEISTER: Aha – hundertachttausend Mark fürs Dach und zwölftausend – aber warum haben Sie ihm ...? – Er hat doch gar nichts zu tun gehabt damit?

KOMINEK: Aber er hat uns doch den Tip gegeben. Nach der geheimen Fraktionssitzung der CSU.

BÜRGERMEISTER *zu Sommerhauser:* Franz!

SOMMERHAUSER: Du brauchst dich gar nicht aufregen –

BÜRGERMEISTER: Ab jetzt bin ich wieder per Sie mit dir, du Judas –

SOMMERHAUSER: Geh weiter, Max –

BÜRGERMEISTER: Für Sie: Herr Bürgermeister, wenn ich bitten darf – das ist ja, das ist ja – *er rennt zum Telephon.*

SOMMERHAUSER: Wo willst' denn hin?

BÜRGERMEISTER: Ich werde sofort die Fraktion – das ist ja – exorbitant, quasi. Das muß sofort –

SOMMERHAUSER: Dann soll ich vielleicht deiner Frau auch sagen, was da war damals –

BÜRGERMEISTER *läßt den Telephonhörer sinken:* Das weißt du?

SOMMERHAUSER: Das haben doch alle g'wußt, daß du ein Techtelmechtel mit meiner Frau gehabt hast. Mir völlig unverständlich. Ein so mageres Weib –

BÜRGERMEISTER: Ja, warum hast du sie dann geheiratet?

SOMMERHAUSER: Ich habe gemeint, sie wird dicker. Ist sie es aber nur geworden, wenn sie Kinder gekriegt hat; danach sofort wieder mager.

BÜRGERMEISTER: Dann hast du gewußt? Herr Kominek! Er hat es gewußt. Geben Sie mir sofort meine hundertzwanzigtausend Mark wieder, wenn er es sowieso gewußt hat.

KOMINEK: Ich weiß von keinen hundertzwanzigtausend Mark.

BÜRGERMEISTER: Das ist doch eine verrottete Bande!

KOMINEK: Vielleicht gibt Ihnen wenigstens der Herr Kollege Sommerhauser die zehn Prozent, die er als Provision kassiert hat. Ja. Und dann wünsche ich noch einen angenehmen Nachmittag.

BÜRGERMEISTER: Halt – Sie können doch jetzt nicht gehen –

KOMINEK: Doch, ich muß. Ich habe eine dringende Besprechung bei der Firma Stark & Fuhrmann.

Kominek geht.

BÜRGERMEISTER: Und du hast es gewußt –

SOMMERHAUSER: Gewußt schon, im Vertrauen gesagt, aber verstanden nicht.

BÜRGERMEISTER: – und hast mir nichts gesagt.

SOMMERHAUSER: Soll ich dir vielleicht sagen: Du Max, ich weiß fei, daß du ein Techtelmechtel mit der Frau Sommerhauser hast, mit der mageren, aber es macht mir nichts.

BÜRGERMEISTER: Aber er, der Kominek, hat von mir die hundertzwanzigtausend Mark verlangt, die ich grad von der Firma Stark & Fuhrmann –

SOMMERHAUSER: Warum haben denn die dir hundertzwanzigtausend Mark bezahlt?

BÜRGERMEISTER: Das Abwasserkontingent war doch erschöpft. Wenn ich nicht entsprechende – entsprechende Schritte eingeleitet hätte, wäre doch nie genehmigt worden, daß die die Fabrik hier bauen.

SOMMERHAUSER: Ja, und?

BÜRGERMEISTER: Die hätten dann doch den Grundstückskauf rückgängig gemacht. Hätten's können, ohne weiteres, weil's im Vertrag dringestanden ist: Rücktrittsrecht, wenn die Genehmigung versagt wird!

SOMMERHAUSER: Ich versteh' immer noch nicht –

BÜRGERMEISTER: Die haben doch von meinem Bruder das Grundstück gekauft!

SOMMERHAUSER: Und du hast von deinem Bruder eine Provision gekriegt?

BÜRGERMEISTER: Na ja – ein paar Mark hat er mir schon 'rübergeschoben über den Tisch.

SOMMERHAUSER: Und was machen wir jetzt mit dem Aschenbecher?

BÜRGERMEISTER: Er verhält sich ja ganz ruhig.

SOMMERHAUSER: Im Moment ja.

BÜRGERMEISTER: Wenn ich nicht mit eigene Augen gesehen hätte –

SOMMERHAUSER *steht auf:* Ein entsetzliches Bild. Ich werde es in meinem Leben nicht vergessen.

BÜRGERMEISTER *steht auf:* Franz –

SOMMERHAUSER: Ja, Max?

BÜRGERMEISTER: Entschuldige.

SOMMERHAUSER: Was?

BÜRGERMEISTER: Nichts für ungut – daß ich vorhin wieder Sie zu dir g'sagt hab' –

SOMMERHAUSER: Schon gut. Ist alles in Ordnung –

BÜRGERMEISTER: Also dann –

SOMMERHAUSER: Servus.

BÜRGERMEISTER: Servus.

Sommerhauser geht hinaus.

BÜRGERMEISTER: Fräulein Gottlieb!

Fräulein Gottlieb kommt herein.

FRL. GOTTLIEB: Ja, Herr Bürgermeister?

BÜRGERMEISTER: Das mit dem Aschenbecher –

FRL. GOTTLIEB: Der zum Fenster hinausgeflogen ist?

BÜRGERMEISTER: Es ist nie ein Aschenbecher zum Fenster hinausgeflogen. Das gibt es ja gar nicht. Aschenbecher können nicht zum Fenster hinausfliegen –

FRL. GOTTLIEB: Aber Sie haben doch gesagt –

BÜRGERMEISTER: Kein Aschenbecher ist geflogen – es war – weil es doch das nicht gibt –

FRL. GOTTLIEB: Und die kaputte Scheibe?

BÜRGERMEISTER: Er ist schon geflogen. Er ist geworfen worden.

FRL. GOTTLIEB: Also doch.

BÜRGERMEISTER: Ja. Eine kleine Auseinandersetzung. Kommt in der Politik vor.

FRL. GOTTLIEB: Da haben Sie mit Aschenbechern aufeinander geworfen?

BÜRGERMEISTER: Nein. Nicht aufeinander. Auf eine Fliege. Vielmehr eine Wespe. Eine Wespe. Sie wissen doch: Wespen? Eben. Auf eine Wespe. Hat der Sommerhauser geworfen. Oder der Kominek. Ich weiß nicht mehr genau. Hat nicht getroffen. Also die Wespe nicht getroffen, das Fenster schon. Und jetzt holen Sie den Glaser.

FRL. GOTTLIEB: Und wie kommt es, daß der Aschenbecher zwei Stock hinuntergefallen ist in den Hof und nicht kaputt –?

BÜRGERMEISTER: Er wird auf was Weiches gefallen sein –

FRL. GOTTLIEB: Dort ist nichts Weiches.

BÜRGERMEISTER: Irgendwas Weiches ist dort, zum Teufel.

FRL. GOTTLIEB: Gut. Ich hole den Glaser.

Fräulein Gottlieb geht hinaus. Der Bürgermeister nimmt den Aschenbecher prüfend in die Hand. Stellt ihn wieder hin.

BÜRGERMEISTER: Bestie.

Krebs

PERSONEN: Frau Schwalbe, eine reifere Dame, Frau Nickel, auch eine reifere Dame, ein Herr, der raucht

Die Szene spielt in einem Café. Frau Schwalbe und Frau Nickel sitzen an einem Tisch. Am Nebentisch sitzt der Herr, liest Zeitung und raucht eine Zigarre.

FRAU SCHWALBE: – da ist dann mein Schwiegersohn hingegangen und hat gesagt, daß man sich das nicht bieten zu lassen braucht.

FRAU NICKEL: Auch mein Schwiegersohn –

FRAU SCHWALBE: Lassen Sie mich das fertig erzählen. Dann hat doch die Sprechstundenhilfe, hat mein Schwiegersohn gesagt, das Rezept hergegeben, aber nicht das Röntgenbild. Stellen Sie sich vor.

FRAU NICKEL: Wie ich geröntgt wurde, bei meinem Schenkelhalsbruch –

FRAU SCHWALBE: Lassen Sie mich das fertig erzählen. Wenn ich nicht zur Kur müssen hätte, wäre ich hin zu diesem Arzt. Stellen Sie sich vor – gibt das Röntgenbild nicht heraus. Hat man so was schon einmal gehört?

FRAU NICKEL: Ich habe gehört, daß –

FRAU SCHWALBE: Lassen Sie mich das rasch fertig erzählen. Ich war doch so schlecht beisammen, damals. Die Strahlenbehandlung hat sich auf die Gallenblase geschlagen. Das ist sehr selten, kommt aber vor. Und der Arzt hat das nicht erkannt!

FRAU NICKEL: War das der Arzt, der Ihnen das Röntgenbild nicht herausgegeben hat?

FRAU SCHWALBE: Aber nein! Haben Sie mir vorhin nicht zugehört? Nein. Zum Glück hat mir Frau Albertshofer – kennen Sie Frau Albertshofer zufällig? Nein? – Die hat mir empfohlen, zum Dr. Gersdorf zu gehen. Dr. Gersdorf, in der Königinstraße. Dr. Gersdorf hat mich nur angeschaut, kurz angeschaut und hat gesagt: um Gottes willen, das war ein Verbrechen, daß Sie bestrahlt worden sind. Sie können von Glück sagen, daß Sie überhaupt noch leben.

FRAU NICKEL: Dr. Pauckner –

FRAU SCHWALBE: Lassen Sie mich das fertig erzählen. Wenn ich nicht zur Kur gehen hätte müssen –

FRAU NICKEL: Hat Sie Dr. Gersdorf zur Kur geschickt?

FRAU SCHWALBE: Aber nein! Ich glaube, Sie hören mir wirklich nicht zu. Das war doch Dr. Knapp. Habe ich Ihnen doch gesagt. Aber der hat nicht gewußt, daß ich damals doch den Nervenriß in der Hüfte hatte –

FRAU NICKEL: Einen Nervenriß?

FRAU SCHWALBE: Das habe ich Ihnen doch erzählt. Wenn er gewußt hätte, daß ich mir damals einen Nervenriß zugezogen habe, dann hätte er mich nicht zur Kur geschickt, jedenfalls nicht dorthin, wo das Wasser so jodhaltig ist. Da wäre eine Moorkur in Frage gekommen. Hat er nachher gesagt.

FRAU NICKEL: Nachher ist man immer gescheiter.

FRAU SCHWALBE: Selbstverständlich. Wie ich also bei der Kur war, wird mein Blutdruck ständig schlechter. Von Tag zu Tag schlechter. Da kann doch was nicht in Ordnung sein, habe ich mir gedacht. Ich bin zum Kurarzt gegangen und habe gesagt: Herr Doktor, habe ich gesagt, da muß irgend etwas nicht stimmen, schauen Sie sich doch meinen Blutdruck an. Dann hat er den Blutdruck angeschaut und hat die Hände über dem Kopf zusammengeschlagen und gesagt: Sie müssen sofort Tinanzin nehmen, und zwar sofort.

FRAU NICKEL: Meine Schwester hat Tinanzin –

FRAU SCHWALBE: Lassen Sie mich das fertig erzählen, Frau Nickel. Zum Glück vertrage ich Tinanzin –

FRAU NICKEL: Meine Schwester hat Tinanzin nicht vertragen.

FRAU SCHWALBE: Aber ich vertrage es, zum Glück. Aber, sage ich Ihnen! Da habe ich fürchterlich Seitenstechen bekommen. Ich sage Ihnen, es war entsetzlich. Ich mußte die Kur abbrechen. Zum Glück bin ich, wie ich wieder daheim war, sofort zu Dr. Honold gegangen, und der hat gesagt: Wenn Sie nicht ein so robustes Herz hätten, wären Sie eine Leiche. Er hat sofort ein EKG gemacht. Aber inzwischen habe ich mir doch die Hand verstaucht.

FRAU NICKEL: Die Hand verstaucht?

FRAU SCHWALBE: Ja, wissen Sie das nicht? Aber das habe ich Ihnen sicher erzählt. Da hatte ich ein halbes Jahr damit zu tun.

FRAU NICKEL: War das vor der Kur?

FRAU SCHWALBE: Nein, nach der Kur, selbstverständlich. Das heißt, welche Kur meinen Sie? Meinen Sie die, die mir Dr. Felsing verordnet hat? Vor dieser Kur. Die Kur von Dr. Felsing hat überhaupt nicht geholfen. Wenn ich nicht selber erkannt hätte, daß mein Zwölffingerdarm das Eisenwasser nicht verträgt, wäre – wäre, weiß Gott was passiert.

FRAU NICKEL: Mit dem Zwölffingerdarm ist nicht zu spaßen.

FRAU SCHWALBE: Wem sagen Sie das. Ich habe seit Jahren

mit dem Zwölffingerdarm zu tun. Ich bin sofort zum Kurarzt und habe ihm gesagt, daß mein Zwölffingerdarm das Eisenwasser nicht verträgt. Das gibt es nicht, hat der Kurarzt gesagt. Stellen Sie sich vor: Das gibt es nicht! sagt der. Und er hat mir Korreval gegeben. An und für sich halte ich von Korreval viel. Aber Dr. Bauer, zu dem ich sofort nach der Kur gegangen bin, hat gesagt, daß dadurch die Bindegewebe des Mittelmagens angegriffen werden. Was dann passieren kann, können Sie sich leicht vorstellen. Ich wäre ja weiter zu Dr. Bauer gegangen, wenn nicht diese dumme Sehnenschwellung im linken Arm gekommen wäre. Ich konnte ja keine Nacht mehr richtig schlafen. Dr. Grader hat mir kalte Umschläge empfohlen, aber das ist ja lächerlich.

FRAU NICKEL: Ich –

FRAU SCHWALBE: Lassen Sie mich das rasch fertig erzählen. Ich bin auf Empfehlung zu Dr. Bielefeldt gegangen. Der hat gesagt, bevor wir die Sehnenschwellung behandeln können, müssen wir erst den Blutdruck herunterbekommen. Sonst könnte eine Sonnengeflechtsdistonie eintreten. – Sagen Sie, Frau Nickel, kann der Mensch nicht seinen Rauch woandershin blasen?

FRAU NICKEL: Ich glaube, es zieht. Der Rauch –

FRAU SCHWALBE: Überhaupt eine Unverfrorenheit –

Der Herr dreht sich zu den Damen hinüber.

FRAU SCHWALBE: Ohne jede Rücksicht. Der Rauch weht direkt da herüber.

HERR: Pardon?

FRAU SCHWALBE: Sie könnten Ihren Rauch auf die andere Seite blasen. Nicht ausgerechnet zu uns herüber.

HERR: Stört Sie der Rauch?

FRAU NICKEL: Die Dame ist leidend.

HERR: Ach so. Ich bitte um Entschuldigung.

FRAU SCHWALBE: Das hilft uns auch nicht viel, nachdem Sie uns eingenebelt haben.

HERR: Rauch ist gesund.

FRAU SCHWALBE *schrill:* Wie bitte?

HERR: Ach – ach so. Sie sind offenbar mit den neuesten Erkenntnissen der medizinischen Wissenschaft nicht vertraut.

FRAU SCHWALBE: Sind Sie Arzt?

HERR: Sie haben nichts vom Kongreß gehört?

FRAU SCHWALBE: Von welchem Kongreß?

HERR: Von dem Kongreß! Ich bitte Sie, von dem Kongreß, von dem alle Welt spricht. Er findet zur Zeit hier statt.

FRAU SCHWALBE: Gehören Sie –

HERR: Ein Krebskongreß.

FRAU SCHWALBE: Ein Krebskongreß?

HERR: Also, daß Sie davon nichts gehört haben.

FRAU SCHWALBE: Doch. Ich glaube, ich habe was davon gehört.

HERR: Und daß Rauch gesund ist. Sehen Sie: Der Kongreß hat herausgefunden, daß Rauchen für den Krebs ungünstig ist. Das ist ganz einfach und eigentlich logisch. Man wundert sich, daß man nicht früher draufgekommen ist: Nikotin schadet den Gewebezellen. Viel Nikotin tötet die Zellen sogar ab. Auch – und das ist der Witz – die Krebszellen. Ist doch logisch? Oder? Durch vieles Rauchen werden die Krebszellen so geschwächt, daß sie sich nicht weiterentwickeln können, ja sogar absterben.

FRAU SCHWALBE: Ja – ja – aber – aber ich habe doch gehört, daß durch Rauchen Krebs entsteht –

HERR: Richtig. Aber wenn man ihn dann hat, soll man weiterrauchen.

FRAU SCHWALBE: Merkwürdig.

HERR: Deswegen habe ich gedacht, es würde Ihnen gar nichts ausmachen, wenn ein wenig Rauch zu Ihnen hinüberweht.

FRAU SCHWALBE: Das ist ein Kongreß, der jetzt stattfindet?

HERR: Ja. Das heißt: jetzt ist Mittagspause. Aber nachmittags geht's weiter.

FRAU SCHWALBE: Und ich habe mich immer in Nichtraucherabteile gesetzt.

HERR: Grundfalsch. Das heißt: bisher war es goldrichtig: jetzt ist es grundfalsch.

FRAU SCHWALBE: Das ist mir irgendwie ganz unangenehm.

HERR: Und die Schlagsahne ist ungesund. Überhaupt alle Milchprodukte. Sie stärken die Krebszellen, logisch.

FRAU SCHWALBE: Man weiß –

HERR: Milch baut ja auf. Auch die negativen Kräfte. Sogar eher die negativen Kräfte, weil die ja alles an sich reißen.

FRAU SCHWALBE: Man weiß überhaupt nicht mehr –

HERR: Die negativen Kräfte sind sozusagen vorn dran. Sie schnappen als erste zu. Schnappen nach der Milch, nach Yoghurt et cetera.

FRAU SCHWALBE: Man weiß ja überhaupt nicht mehr –

HERR: Man kann sie überlisten, indem man raucht. Oder auch starker Alkohol. Auch da schnappen die negativen Kräfte zu, unbesehen. Gierig, wie sie sind. Das ist der neueste Trend der Medizin.

FRAU SCHWALBE: Man weiß wirklich überhaupt nicht mehr, woran man sich halten soll.

Frau Schwalbe schiebt die Schlagsahne weg. Der Herr verbeugt sich leicht, vertieft sich wieder in seine Zeitung und raucht weiter.

FRAU SCHWALBE *angeekelt:* Manchmal meine ich, das beste ist, wenn man gar nicht krank wäre. Fräulein – zahlen!

Am See

PERSONEN: Der Badende, der Bürgermeister, das Mädchen

Eine Waldlichtung an einem See. Nachmittag im Sommer. Der Badende liegt in der Badehose auf einem Handtuch und sonnt sich. Der Bürgermeister – er hat einen Feldstecher umhängen – kommt suchend hereingestürzt.

BÜRGERMEISTER: Haben Sie s' auch gesehen?

BADENDER: Bitte, wie, was?

BÜRGERMEISTER: Ob Sie s' auch g'sehn haben? Ob Sie schon länger da liegen, oder liegen Sie noch nicht länger da?

BADENDER: Entschuldigen S', ich hab' fest geschlafen. Ich versteh' jetzt bitte nicht, darf man da nicht liegen?

BÜRGERMEISTER: Jetzt geh'n S' weiter. Ich hab' nicht so viel Zeit, sonst laufen mir die andern davon.

BADENDER: Welche andern?

BÜRGERMEISTER: Die andern halt, Herrschaftszeiten, ich weiß gar nicht, warum Sie so begriffsstutzig sind, wenn Sie schon da herumliegen –

BADENDER: Ach so – das ist Ihre Wiese?

BÜRGERMEISTER: Ja, das heißt nein. Nicht meine Wiese, aber insofern ich Bürgermeister bin, ist es doch meine Wiese, verstehen Sie?

BADENDER: Nein, das heißt ja. Nur –

BÜRGERMEISTER: Sind Sie jetzt schon länger da oder

nicht? Jetzt laufen doch die anderen davon – *er setzt das Fernglas an und schaut schnell herum, zählt dabei* – viere – sechse – siebene – elfe – vierzehn – fünfzehn – sechzehn – *setzt das Glas wieder ab.* Ja, sind noch alle da. Sie sind der Siebzehnte, auf Sie kommt's an. Also, haben Sie s' gesehen?

BADENDER: Entschuldigen S' –

BÜRGERMEISTER: Sie sind doch schon länger da?

BADENDER: Eine Stunde vielleicht –

BÜRGERMEISTER: Eine Stunde, das genügt doch. In der Stunde müssen Sie sie doch gesehen haben –

BADENDER: Wieso bin ich der Siebzehnte?

BÜRGERMEISTER: Weil siebzehn Badegäste hier am See sind, respektive achtzehn, mit ihr, mit ihr da, verstehen Sie? Ich weiß gar nicht, was da so schwer zu verstehen ist.

BADENDER: Mit wem achtzehn?

BÜRGERMEISTER: Ja, jetzt bitte machen S' endlich den Mund auf. Ihnen muß man ja die Würmer mit einer Dings, mit einer – Herrschaftszeiten, man kommt schon ganz durcheinander, und da drüben, mir scheint's, da packen schon welche zusammen – *setzt das Fernglas an und beobachtet.* Pfeilgrad, die packen zusammen – *schaut in seinen Notizen nach.* Natürlich solche, die Anstoß genommen haben. Jetzt sind's nur noch fünfzehn, Herrschaftszeiten –

BADENDER: Herr Bürgermeister –

BÜRGERMEISTER: Ja, jetzt –

BADENDER: Wen soll ich gesehen haben?

BÜRGERMEISTER: Da drüben, die Nackerte natürlich.

BADENDER: Wo?

BÜRGERMEISTER: Da drüben, da hinten.

BADENDER: Eine Nackte?

BÜRGERMEISTER: Ja, sonst wär' ich doch nicht da.
BADENDER: Splitternackt?
BÜRGERMEISTER: Splitter.
BADENDER: Sieht man sie denn von hier aus?
BÜRGERMEISTER: Da haben S' das Glas, aber ich leih's Ihnen nur, wenn Sie Anstoß nehmen.
BADENDER: Anstoß an was?
BÜRGERMEISTER: Ja, daß die da nackert bad't, natürlich.
BADENDER: Ach so –
BÜRGERMEISTER: Ja – das Luder badet schon seit Wochen hier am See nackert. Und – da schaun S' – *er nimmt einen Zettel aus der Brieftasche und liest vor:*
FKK
Nacktbaden an allgemein zugänglichen Orten ist nicht generell eine grob ungehörige Handlung im Sinne des Ordnungswidrigkeiten-Gesetzes, kann es jedoch je nach Örtlichkeit und der im Einzelfall gegebenen Situation sein. Ein wesentliches Indiz dafür ist es, ob vor den Augen der damit ungewollt konfrontierten Öffentlichkeit, die ein solches Verhalten mindestens überwiegend mißbilligt, nackt gebadet wird.
Oberlandesgericht Hamm –
1 Ss OWi 513/76
BADENDER: 1 S-S Owi – was ist das?
BÜRGERMEISTER: Das ist bloß das Aktenzeichen. Aber jetzt wissen S' es. Da – jetzt kommt s' hinterm Busch vor – *setzt das Fernglas an* – nein, das ist s' nicht. Da wirst rein narrisch. Seit Wochen versuch' ich endlich, daß die überwiegend ungewollte – *liest nach* – die ungewollt konfrontierte Öffentlichkeit überwiegend – Dings – äh – mißbilligt – verstehen S' nicht, das heißt doch praktisch: Ich muß die zählen, die hier baden, und muß jeden einzelnen fragen, jeden einzelnen, ob er

Anstoß nimmt oder mißbilligt, verstehen Sie? Und erst wenn es mehr sind, die mißbilligen, können wir sie anzeigen, das Luder, das nackerte.

BADENDER: Ja, so –

BÜRGERMEISTER: Immer ist etwas dazwischengekommen. Entweder waren nicht genug dagegen, oder die, die dagegen waren, sind zu früh wieder gegangen, weil es zum Regnen angefangen hat. Einen Sack voll Flöh' hüten ist nichts dagegen. Einmal hab' ich s' fast gehabt. Fünfzehn Badegäste waren da, sieben dafür, acht dagegen – das war letzten Mittwoch –

BADENDER: Ja, und?

BÜRGERMEISTER: Da hat sich herausgestellt, daß sie doch einen Badeanzug anhat. Einen unglaublich kleinen Badeanzug, aber immerhin, einen Badeanzug. Wieder nix.

BADENDER: Und heut' ist sie nackert?

BÜRGERMEISTER: Unbedingt! Ich hab's ganz genau gesehen. Aber jetzt, bitte schön, machen S' schnell. Ich habe da schon einen Dings, einen Dings – Herrschaftszeiten, man kommt schon ganz durcheinander – einen Zettel mein' ich, hektographiert da, in der Gemeindekanzlei hektographiert, da, bitte setzen Sie Ihren Namen nei, nebst Adresse, und da kreuzen S' an: Ich mißbillige – Kreuzl. Haben S' einen Dings – einen, Herrschaftszeiten – einen Dings –

BADENDER: Einen Moment – das ist jetzt gar nicht so einfach – ich bin ja nicht unfreiwillig konfrontiert –

BÜRGERMEISTER: Jetzt sagen S' nur, daß Sie freiwillig hergekommen sind, wo diese Nackerte –

BADENDER: Um freiwillig oder unfreiwillig geht's ja nicht, es geht ums konfrontiert. Ich bin ja nicht konfrontiert, weil ich sie nämlich gar nicht gesehen habe. Ist es eine Junge oder eine Alte?

BÜRGERMEISTER: Eine Junge.

BADENDER: Schad'. Eine Alte – da würde ich sozusagen unbesehen Anstoß nehmen. Aber bei einer Jungen, da kommt's natürlich drauf an, wie man die Sache nimmt. Darf ich jetzt kurz einmal Ihren Dings – Ihren ... Ihr Fernglas haben? *Der Bürgermeister gibt ihm das Fernglas.* Wo? Da drüben?

BÜRGERMEISTER: Weiter rechts. Ja – wenn S' den Telephonmast – haben S' den Telephonmast?

BADENDER: Ja.

BÜRGERMEISTER: Direkt links.

BADENDER: Seh' ich nix.

BÜRGERMEISTER: Direkt links.

BADENDER: Ich seh' nur, daß da zwei grad ins Auto steigen.

BÜRGERMEISTER: Wo? *Er reißt dem Badenden das Glas weg und schaut durch.* Pfeilgrad – ja – das waren zwei Mißbilligende. Der Teufel soll's holen. Jetzt sind's nur noch sechs zu acht, jetzt hilft's nicht einmal mehr, wenn Sie dagegen sind. *Setzt das Glas ab.* Jetzt kann ich wieder einpacken, und morgen geht's wieder von vorn an. Das haben S' jetzt davon, daß Sie so umständlich sind.

BADENDER: Da drüben gehn wieder zwei.

BÜRGERMEISTER: Das sind zwei von der anderen Sorte, zwei nicht – Dings – äh – Dings – Mißbilligende – Gott sei's gedankt.

BADENDER: Sechs zu sechs.

BÜRGERMEISTER: Ja, jetzt aber flott. Hier, der Dings – der Dings – haben S' einen Dings, Herrschaftszeiten – einen Dings, oder soll ich Ihnen einen leihen, wo hab' ich denn meinen Dings –

BADENDER: Ich tät' Ihnen schon den Gefallen und tät's

mißbilligen, wenn es sich einigermaßen mit meinem Gewissen vereinbaren läßt, aber sehen muß ich s' vorher schon, das müssen S' schon einsehen.

BÜRGERMEISTER: Ja – sind Sie ein umständlicher Mensch. Da haben S' das Fernglas –

BADENDER: Ich seh' nix.

BÜRGERMEISTER: Haben S' es richtig eingestellt? Geben S' her, Sie haben's wahrscheinlich nicht richtig eingestellt. Ich wett', inzwischen laufen wieder welche davon. Sie haben's nicht richtig eingestellt. Ich stell's Ihnen ein. Sind Sie kurzsichtig oder weitsichtig?

BADENDER: Beides.

BÜRGERMEISTER: Äh – bitte?

BADENDER: Beides – auf dem linken Auge bin ich kurzsichtig, auf dem rechten weitsichtig.

BÜRGERMEISTER: Das hab' ich noch nie gehört.

BADENDER: Ich bin auch nicht aus Ihrer Gemeinde.

BÜRGERMEISTER: Ach so. Links kurzsichtig – rechts weitsichtig?

BADENDER: Ja.

BÜRGERMEISTER *dreht am Fernglas:* Von mir aus gesehen oder von Ihnen aus gesehen?

BADENDER: Wie? Ach so – ja, von mir aus gesehen. Hier – auf diesem Auge bin ich kurzsichtig –

BÜRGERMEISTER: Das kann man ja gar nicht einstellen. Das geht ja gar nicht. So dreht sich ja immer nur das ganze Fernglas in eine Richtung. Da müßten Sie ja direkt ein Spezialfernglas haben.

BADENDER: Hab' ich auch.

BÜRGERMEISTER: Ja, das sagen S' jetzt erst. Ich glaub', Sie tun das mit Fleiß. Dann nehmen S' doch Ihr Spezialfernglas.

BADENDER: Ich hab' eins, aber daheim.

BÜRGERMEISTER *seufzt tief:* Bis Sie daheim sind und wieder da mit Ihrem Fernglas, ist das Luder längst weg.

BADENDER: Da drüben gehen wieder welche.

BÜRGERMEISTER *beobachtet resigniert:* Natürlich Mißbilligende. Drei Stück.

BADENDER: Sechs zu drei für die Nackerte.

BÜRGERMEISTER: Daß immer die Mißbilligenden als erste gehen müssen. Das hat doch der Teufel gesehen. Immer die Mißbilligenden. Daß die nicht auf ihrem Hintern sitzen bleiben können.

BADENDER: Dort packt jetzt einer zusammen.

BÜRGERMEISTER: Wo?

BADENDER: An dem Bootssteg.

BÜRGERMEISTER: Fünf zu drei.

BADENDER: Sagen Sie, Herr Bürgermeister –

BÜRGERMEISTER: Ja?

BADENDER: Warum sind S' denn so wild drauf, die Nackerte anzuzeigen?

BÜRGERMEISTER: Ja – weil s' nackert bad't.

BADENDER: Und warum sind S' dagegen, daß die Nackerte nackert bad't?

BÜRGERMEISTER: Ja, das ist doch – das ist doch selbstverständlich, daß ich da als Bürgermeister dagegen sein muß, wenn so ein Luder nackert bad't. Da muß ich doch – das ist doch – stellen Sie sich das plastisch vor, da badet eine nackert, und dann spricht sich das herum, und dann baden zwei nackert, nicht wahr? Und dann brauchen Sie sich das nur plastisch vorzustellen, wenn dann da alle nackert baden, da kann sich ja ein normaler Dings, so wie man halt einen normalen Menschen empfindet, respektive als normaler Mensch, als Dings – also mit Dings – Herrschaftszeiten mit der normalen Badehose hier überhaupt nicht mehr herwagen, respektive baden, vor lauter Nackerte, dann gehen die Nackerten womöglich zum Kiosk, die Nackerten, und dann stellen Sie sich das plastisch vor, also sieht man das von der Straße herunter schon, das reinste Dings – also, Dings und Dings –

BADENDER: Sodom und Gomorrha.

BÜRGERMEISTER: Richtig, und so weiter und so fort. Stellen Sie sich das plastisch vor, und wie lang dauert es, bis der erste Nackerte ins Dorf hinaufgeht, zum Beispiel? Weil er zu faul ist, seine Badehose anzuziehen?

BADENDER: Warum soll ein Nackerter ins Dorf hinaufgehen?

BÜRGERMEISTER: Warum soll er ins Dorf hinaufgehen? – Warum soll er ins Dorf hinaufgehen? – Irgendeinen Grund findet er schon. Eine Zeitung kaufen, zum Beispiel. Stellen Sie sich das plastisch vor. – Geht einer nackert ins Dorf hinauf, weil er unbedingt eine Zeitung kaufen muß, und dann ist zum Beispiel grad' die Fronleichnamsprozession oder eine Beerdigung. Stellen Sie sich das plastisch vor. Möchten Sie beerdigt werden, und es hupfen lauter Nackerte herum? Möchten Sie das? Ich nicht.

BADENDER: Da gehen wieder welche. Ich glaube, ich ziehe mich auch an. Es wird schon ein bißchen schattig. *Er beginnt sich anzuziehen und seine Sachen zusammenzuräumen.*

BÜRGERMEISTER *schaut durch das Fernglas:* Zwei – das sind Mißbilliger.

BADENDER: Fünf zu eins.

BÜRGERMEISTER: Aber da gehen zwei – Nichtmißbilliger.

BADENDER: Drei zu eins.

BÜRGERMEISTER: Und noch einer.

BADENDER: Mißbilliger oder Nichtmißbilliger?

BÜRGERMEISTER: Nicht –

BADENDER: Zwei zu eins. Jetzt wird's brenzlig.

BÜRGERMEISTER *setzt das Glas ab:* Sie sind wirklich auf dem einen Auge kurzsichtig und auf dem andern weitsichtig?

BADENDER: Ja. Leider.

BÜRGERMEISTER: So etwas Damisches hab' ich mein Leben noch nicht gehört. Wir haben zwar einen im Dorf, einen gewissen Grichtmeyer, der hat sechs Zehen an jedem Fuß, ist auch ein uneheliches Kind; der Vater ist der alte Steuerberg-Bauer, also war der alte Steuerberg-Bauer, er ist jetzt schon gestorben, Kugler hat er sich geschrieben, Loisl hat er g'heißen, also Alois, Sie werden ihn nicht gekannt haben – *Der Bürgermeister beobachtet weiter durchs Fernglas.*

BADENDER: Nein.

BÜRGERMEISTER: Der hat sechs Zehen an jedem Fuß, der Grichtmeyer, ist aber sonst ein sehr anständiger Mensch. Nur sechs Zehen an jedem Fuß. *Setzt das Fernglas wieder ab.* Aber Sie, Sie sind rechts kurzsichtig, links weitsichtig?

BADENDER: Umgekehrt. Links kurzsichtig, rechts weitsichtig.

BÜRGERMEISTER: Ja, ja – *Er schaut wieder durchs Fernglas.* Das hat keinen Zweck mehr. Jetzt sind alle weg.

BADENDER: Null zu null.

BÜRGERMEISTER: Sie sind der letzte. Aber einer ist auch eine Mehrzahl, wenn S' verstehen, was ich meine. Sie sind der letzte, bis auf die Nackerte. Die liegt noch drüben, die muß noch drüben liegen, weil ich sie nicht fortgehen hab' 'sehn. Jetzt schlag' ich Ihnen was vor. Haben S' Ihre Sachen beinand? Ja? Wir schleichen uns jetzt hinüber, Sie schauen sich in aller Ruhe die

Nackerte an, von der Nähe, da brauchen S' kein Fernglas, und dann nehmen S' Anstoß. Dann haben wir beide was davon gehabt.

BADENDER: Da kommt noch jemand.

BÜRGERMEISTER: Wo?

BADENDER: Da. Gradaus.

BÜRGERMEISTER: Das ist die Nackerte.

BADENDER: Die hat aber doch was an.

BÜRGERMEISTER: Aber woher denn, die hat nichts an.

BADENDER: Die hat schon was an.

BÜRGERMEISTER: Die kommt pfeilgrad daher – so ein Glück. Jetzt sehen S' gut hin und dann –

Die Badende kommt; sie hat sich in ein Handtuch gewickelt. Sie trägt ziemlich mühsam mehrere Badeutensilien, eine Badetasche, einen Sonnenhut, eine Zeitung, Bücher, Sonnenbrille. Es ist für sie nicht einfach, das alles zu tragen und gleichzeitig das Handtuch festzuhalten. Sie sucht offenbar einen neuen Badeplatz, weil ihr alter Badeplatz zu schattig geworden ist. Die beiden Männer starren das Mädchen an.

Das Mädchen bleibt stehen, nachdem es schon an den Männern vorbeigegangen ist, und dreht sich dann – die Breite der Bühne ist dazwischen – um.

MÄDCHEN: Was gafft's 'n so? Habt ihr nie a Madel g'sehn?

BÜRGERMEISTER *stößt den Badenden an:* Das ist sie.

BADENDER: Die hat aber was an.

BÜRGERMEISTER: Ja, ein Handtuch, aber darunter hat s' nix an.

MÄDCHEN: Was murmeln S' denn da? Habt's über mich was zu reden? Ist das vielleicht verboten, daß man sich da hinlegt?

BÜRGERMEISTER: Nein, verboten nicht – obwohl –

MÄDCHEN: So, obwohl? Was obwohl?

BÜRGERMEISTER *zum Badenden leise:* Jetzt muß's sein. Jetzt oder nie. Ich reiß' ihr das Handtuch runter, und Sie nehmen Anstoß, und dann haben wir s'.

MÄDCHEN: Was haben S' g'sagt?

BADENDER *leise:* Aber das geht doch nicht –

MÄDCHEN: Sie – ich möcht' mich da hinlegen, weil da noch ein Fleck ist, wo eine halbe Stunde die Sonne hinscheint. Wenn's Ihnen weiter nichts ausmachen tät', wär's mir recht, wenn Sie weitergehen täten. Oder haben Sie was zu tun hier?

BÜRGERMEISTER: Sie, Fräulein –

MÄDCHEN: Oder darf man sich hier nicht herlegen?

BÜRGERMEISTER: Herlegen schon, aber –

MÄDCHEN: Dann ist's schon recht, danke. Dann können S' gehen.

BÜRGERMEISTER *zum Badenden:* Eine impertinente Person. So eine badet auch nackert. So eine schon.

Mädchen breitet ihre Sachen aus.

BÜRGERMEISTER: Sie, Fräulein –

MÄDCHEN: Ja?

BÜRGERMEISTER: Ich bin der Bürgermeister.

MÄDCHEN: Der Bürgermeister?

BÜRGERMEISTER: Ja, nämlich von der Gemeinde, wo dieser Dings, dieser Dings, dieser, Herrschaftszeiten –

BADENDER: Dieser See –

BÜRGERMEISTER: Ja, dieser See, gewissermaßen, dazugehört.

MÄDCHEN: Ah – Sie sind der Bürgermeister. Da kann ich Sie gleich was fragen, da kommen Sie mir grad recht.

BÜRGERMEISTER: Einen Moment, Fräulein –

MÄDCHEN: Gehen Sie öfters da herum?

BÜRGERMEISTER: Gewissermaßen dienstlich.

MÄDCHEN: Dann haben Sie ihn sicher auch g'sehn? Ich

glaube, daß es die Pflicht des Bürgermeisters ist, solchen Mißständen abzuhelfen, nämlich –

BÜRGERMEISTER: Ja –

MÄDCHEN: Sie haben ihn also gesehn?

BÜRGERMEISTER: Wen?

MÄDCHEN: Ja, den Kerl, der immer mit seinem Fernglas rumlauft und auf meinen Busen hinlurt bzw. auf mein Gesäß, wenn ich am Bauch lieg', je nachdem. Der mit dem Fernglas, der Kerl, ein ... wahrscheinlich ein Sittlichkeitsstrolch, nämlich.

BÜRGERMEISTER *versteckt schnell sein Fernglas:* Nein, ich weiß nicht – ich – also in meiner Gemeinde –

MÄDCHEN: Es ist immer der gleiche. Ich hab' ihn leider immer nur von weitem gesehen. Das ist ein Sittlichkeitsstrolch oder wahrscheinlich ein Unsittlichkeitsstrolch, nämlich.

BÜRGERMEISTER: Nicht daß ich –

MÄDCHEN: Das müssen Sie unterbinden. Das ist eine sittliche Belästigung. Sie als Bürgermeister müssen das unterbinden. Ich hab' ihn zwar immer nur von der Weiten gesehen, aber es ist immer der gleiche. Ich kenn' ihn schon. So ein Fernglas hat er, und ungefähr Ihre Figur.

BÜRGERMEISTER: Das ist – das kann – Fräulein –

BADENDER: Das wird vielleicht dieser Grichtmeyer sein, wo er doch ein uneheliches Kind ist und außerdem sechs Zehen hat an jedem Fuß.

BÜRGERMEISTER: Äh – ah – mm – ah – ja, ja – *zum Mädchen:* hat der Betreffende sechs Zehen gehabt, der Sie belästigt hat?

MÄDCHEN: Das hab' ich aus die Entfernung nicht sehen können.

BÜRGERMEISTER: Ja, dann –

BADENDER: Herr Bürgermeister, Sie müssen mich jetzt leider entschuldigen.

BÜRGERMEISTER: Nix, Sie bleiben jetzt da, die zieht sich gleich aus und dann –

MÄDCHEN: Was haben S' g'sagt?

BÜRGERMEISTER: Nix, nix – ich –

MÄDCHEN: Also, wenn S' den derwischen, Herr Bürgermeister, dann sagen S' ihm, mein Verlobter, wann jetzt dann zurückkommt, dann knallt's, wenn er ihn erwischt mit seinem Fernglas, nämlich. Mein Verlobter hat zwar keine sechs Zehen, aber solche Hände –

BÜRGERMEISTER: Ja, ja – ich werde mein Möglichstes tun –

MÄDCHEN: Und jetzt rat' ich Ihnen, daß Sie abhauen, Sie beide.

BADENDER: Ja, Herr Bürgermeister –

MÄDCHEN: Weil ich mich nämlich da nackert hinleg'.

BÜRGERMEISTER: Das ist – das ist eben – ich – ich – ich – Dings äh Dings –

MÄDCHEN: Also mir ist's wurscht, hat mir noch keiner was runterg'schaut, der mich nackert g'sehn hat, aber ich sag' Ihnen: auf Ihre Gefahr, nämlich.

BÜRGERMEISTER: Wieso, ich –

BADENDER: Wieso, auf unsere Gefahr?

BÜRGERMEISTER: Dann – dann – dann ziehen – ziehen Sie sich eben, wie jeder normale Mensch, dann ziehen Sie sich – eben einen Dings, einen Dings, Herrschaftszeiten –

MÄDCHEN: Wenn Sie einen Badeanzug meinen: sowas hab' ich nicht dabei.

BÜRGERMEISTER: Ja dann, dann können –

MÄDCHEN: Weil ich keinen besitze, nämlich. Weil ich keinen Badeanzug und sowas nicht vertrage, wenn Sie's genau wissen wollen. Ich hab' alles schon probiert, aber ich vertrag' es nicht. Höchstens einen aus ganz leichtem Zeitungspapier, hat der Arzt gesagt, aber das hat natürlich auch keinen Sinn, weil sowas sich im Wasser sofort auflöst. Glauben Sie es nicht? Dann können S' meinen Arzt anrufen: Dr. Scheller, 44 22 11, leicht zu merken, 44 22 11.

BÜRGERMEISTER: Sowas – sowas. Er da ist auf einem Auge weitsichtig, auf dem anderen kurzsichtig, Sie vertragen – also wir im Dorf haben zwar einen mit sechs Zehen, aber sonst – also, was sich alles herumtreibt –

MÄDCHEN: Ich habe die sogenannte Krypto-Lymphonykose, auf deutsch – schleichende Hautmanke oder auch Nervenpilz.

BÜRGERMEISTER: Ist das ansteckend?

MÄDCHEN: Nein, erblich.

BADENDER: Gehört hab' ich schon davon.

BÜRGERMEISTER: Und da können Sie keine Badeanzüge …?

MÄDCHEN: Nein.

BÜRGERMEISTER: Also, das glaub' ich doch nicht ganz.

BADENDER: Gehört hab' ich schon davon –

MÄDCHEN: Ich rat' Ihnen nicht, daß ich's probier', einen Badeanzug anzuziehn.

BÜRGERMEISTER: Warum, was passiert dann?

MÄDCHEN: Das rat' ich Ihnen nicht, das würde ich meinem ärgsten Feind nicht wünschen, nämlich, aber ich rat' Ihnen, daß Sie sofort verschwinden, weil ich mich nämlich jetzt im nächsten Augenblick als eine Nackerte hier hinleg', solang die Sonn' da noch herscheint.

BÜRGERMEISTER: Fräulein –

MÄDCHEN: Ich zähl' bis drei, eins – zwei –

BÜRGERMEISTER: Fräulein –

MÄDCHEN: Und wenn S' auf dem Heimweg den Lurer treffen, mit dem Fernglas, dann können S' ihm das sagen, von meinem Verlobten.

BÜRGERMEISTER: Als Bürgermeister muß ich –

MÄDCHEN: Eins – zwei –

BADENDER: Warum, was passiert da, wenn man da jetzt, ich meine, wenn man Sie jetzt hier, weil Sie gesagt haben: Auf eigene Gefahr? Warum ist das gefährlich, wenn man Sie jetzt quasi hier – vielleicht tät' ich das ganz gern ausprobieren, was da passiert –

MÄDCHEN: Das rat' ich Ihnen nicht.

BADENDER: Ist Ihr Verlobter schon in der Nähe?

MÄDCHEN: Nein, mein Verlobter ist verreist.

BADENDER: So, länger?

MÄDCHEN: Wenn er das Drittel kriegt, ich meine, wenn er das eine Schiff bekommt, das schnellere, dann kommt er nächste Woche raus, zurück meine ich, nämlich.

BADENDER: Dann wär's ja vielleicht gar nicht so gefährlich.

MÄDCHEN: Ich hab' noch eine Krankheit.

BADENDER: Ich bin auch auf dem einen Auge kurzsichtig und auf dem anderen weitsichtig.

MÄDCHEN: Ich habe noch eine Krankheit. Und die ist ganz schwer ansteckend.

BÜRGERMEISTER: Dann muß ich –

MÄDCHEN: Wer mich nackert sieht, ohne daß ich's will, dem wachsen Hörner.

BÜRGERMEISTER: Also, das ist jetzt ein Schmarrn.

MÄDCHEN: Nicht sofort. Auch nicht richtige Hörner, wie einem Hirsch oder so. Langsam wachsen sie. Es sind so eine Art Warzen zunächst, hornartige Warzen, am Kopf, und dann wachsen sie – also, die Warzen setzen quasi Warzen an, wie ein Kaktus, nur aus Haut. Erst haben sie Haare, dann fallen aber die Haare ab, und es entstehen bei dem Betreffenden so stangenartige Knorpel, mit Haut und Warzen.

BÜRGERMEISTER *hat blankes Entsetzen erfaßt:* Nur, wenn man S' –

MÄDCHEN: Wenn man mich einmal sieht. Ohne daß ich's will, selbstredend! Sonst würde ja mein Verlobter nur noch aus Hörnern bestehen. *Lacht beim Gedanken an dieses Bild.*

Badender lacht auch.

BÜRGERMEISTER *ihm ist nicht zum Lachen:* Nur wenn man eine Sekunde?

MÄDCHEN: Eine Sekunde reicht, was greifen Sie sich da am Kopf rum?

BÜRGERMEISTER: Wie lang?

MÄDCHEN: Einen Meter oder einen Meter fünfzig, je nachdem –

BÜRGERMEISTER: Ich meine – wann zeigt sich das?

MÄDCHEN: Nach drei Wochen. Was haben S' denn?

BÜRGERMEISTER: Auch wenn man – sozusagen in dienstlicher Eigenschaft? *Sein Fernglas, das der Bürgermeister umgehängt hat, rutscht nun nach vorn, weil er, statt es hinten festzuhalten, mit beiden Händen seinen Kopf betastet.*

MÄDCHEN: Ach, Sie waren der mit dem Fernglas?

BÜRGERMEISTER: Nur in dienstlicher Eigenschaft.

MÄDCHEN: Wenn S' nur durch das Fernglas g'schaut haben, dann brauchen S' keine Angst haben.

BÜRGERMEISTER: Nein?

MÄDCHEN: Durchs Fernglas: nein. So und jetzt leg' ich mich her. *Sie legt sich hin und ist dabei, sich aus dem Handtuch zu wickeln. Der Bürgermeister tut einen Schrei und läuft davon. Auch der Badende ist unsicher.*

Sie können schon dableiben ... *schäkernd:* Sie. Ich hab' mich noch nie mit jemand unterhalten, der auf einem Auge kurzsichtig und auf dem andern weitsichtig ist.

BADENDER: Aber –

MÄDCHEN: Sie meinen wegen der Hörner? Ich hab' ja gesagt: dem wachsen Hörner, der mich sieht und ich will nicht, nämlich.

BADENDER: Und jetzt, also ich meine, jetzt meinen Sie, wollen Sie nicht – also: schon.

MÄDCHEN: Außerdem: es ist nämlich nicht wahr.

BADENDER: Das mit den Hörnern?

MÄDCHEN: Ja.

BADENDER *lacht:* Ich hab's mir fast gedacht.

MÄDCHEN *lacht:* Natürlich ist's nicht wahr, sowas gäb's ja gar nicht, nämlich.

Die beiden lachen.

BADENDER: Ich heiß' Günther.

MÄDCHEN *lacht:* Mein Verlobter heißt auch Günther.

Sie lachen wieder.

BADENDER: So ein Zufall.

Sie lachen.

Die Beerdigung

PERSONEN: Mann, Frau

Auf einem Friedhof. Mann und Frau gehen bei einem Leichenzug mit. Es regnet. Sie haben Regenschirme aufgespannt.

FRAU: War eine fesche Frau, die Frau Höcksreiter.
MANN: Na ja.
FRAU: Doch, sie war eine fesche Frau. Eine stattliche Frau.
MANN: Ja, eine stattliche Frau.
FRAU: Eine sehr stattliche Frau.
MANN: Ja. Nur schad', daß's regnet.
FRAU: Die alte Fahberger hätt' sehr gern g'habt, daß der junge Fahberger die Frau Höcksreiter heiratet, nachdem die junge Frau Fahberger gestorben ist.
MANN: Aber der junge Fahberger hat nicht mögen.
FRAU: Es wär' aber gescheiter gewesen.
MANN: Weil sie ihm zu dick war, die Höcksreiter.
FRAU: Eine stattliche Frau war sie.
MANN: Schon ein bißchen zu stattlich.
FRAU: Besser als wie so eine dürre. Wie die neue Fahberger. So eine dürre. Da wär' doch so eine stattliche reifere Frau viel was Besseres gewesen.
MANN: Zu alt wird's ihm halt gewesen sein.
FRAU: Was heißt: zu alt! Eine so fesche, stattliche Frau, so eine erfahrene Frau wäre doch viel besser ge-

wesen für den jungen Fahberger als wie so eine unreife Person. Hat die Mutter vom Fahberger auch gemeint.

MANN: Mir wär' sie auch zu dick gewesen.

FRAU: Du kannst doch auf der Beerdigung nicht so unhöflich reden, von der Verstorbenen.

MANN: Sie war halt dick.

FRAU: Stattlich war sie.

MANN: Ich hätt' auch eher zur Dünnen geneigt, anstelle vom jungen Fahberger –

FRAU: Jetzt, du alter Depp –

MANN: Ich mein' ja nur –

FRAU: Das ist ja schon sehr interessant, was du dir alles für Gedanken machst –

MANN: Obwohl, einen Vorteil hätte es für den jungen Fahberger schon gehabt, wenn er die dicke Höcksreiter geheiratet hätte –

FRAU: Das Geld –

MANN: Nein, nicht das Geld. Geld haben die Fahberger selber genug. Nein: es hätte für den jungen Fahberger den Vorteil gehabt, daß er jetzt schon wieder verwitwet wäre, gewissermaßen.

FRAU: Wieso soll das ein Vorteil sein, was soll denn das heißen?

MANN: Weil er eben gewissermaßen verwitwet wäre.

FRAU: Wenn ich einmal stirb und du lebst noch, dann heiratest du am gescheitesten überhaupt nicht mehr. Das ist gar nicht notwendig.

MANN: Mhm.

FRAU: Oder nicht? Oder meinst du nicht?

MANN: Jedenfalls keine so dicke wie die Höcksreiter.

FRAU: So dick war sie jetzt auch wieder nicht.

MANN: Die Sargträger haben s' fast nicht auf den Wagen

hinaufderhoben. So dick war die. Das heißt: ist sie noch, strenggenommen.

FRAU: Eine stattliche Frau war sie, und sehr fesch. Auf ihre Art. Und immer sehr freundlich.

MANN: So oft ich sie gesehen hab', war sie grantig.

FRAU: Weil du sie immer so komisch angeschaut hast.

MANN: Ich hab' sie gar nicht komisch angeschaut.

FRAU: Aber eins freut mich für sie, daß die schöne neue Leichenhalle noch fertig 'worden ist. Die erste Leich' in der neuen Leichenhalle. Alles so schön aus Glas. Die alte Leichenhalle war schon unmöglich. Unmöglich. Die neue: so hell und freundlich, quasi. Das freut mich für sie, daß sie die erste war in der neuen Leichenhalle.

MANN: Aber das alte Harmonium war immer noch da. Wo so quietscht.

FRAU: Das werden s' schon auch noch ersetzen. Ist ja erst grad die Leichenhalle fertig geworden.

MANN: Und sehr unbequeme Stühle.

FRAU: Es sollen auch neue Stühle hereinkommen, habe ich gehört, nächstes Jahr.

MANN: Und hoffentlich mehr, daß nicht die Hälfte stehen muß.

FRAU: Du brauchst keine Angst haben. Bei dir kommen einmal schon nicht so viele.

MANN: Das kannst im voraus nicht sagen. Meine Spezi –

FRAU: Von deine Spezi kommt gar keiner.

MANN: Das wär' ja noch schöner.

FRAU: Die können doch nicht besoffen zur Beerdigung.

MANN: Die sind nicht immer alle besoffen. Vormittags nicht.

FRAU: Vormittags haben s' einen Kater, vom Abend vorher.

MANN: Der Beni vielleicht, aber die andern nicht. Nicht, wann sie zu meiner Beerdigung wollen.

FRAU: In Grund und Boden tät' ich mich schämen, vor der ganzen Familie und dem Pfarrer, wenn dein sauberer Beni dabeisteht und macht einen Kopper nach dem anderen während der Predigt. Der hat ja nicht einmal einen schwarzen Anzug.

MANN: Der Beni hat schon einen schwarzen Anzug. Bei der Beerdigung vom Sparkassendirektor hat er einen schwarzen Anzug angehabt.

FRAU: Einen blauen Anzug hat er angehabt.

MANN: Einen dunkelblauen.

FRAU: Aber keinen schwarzen.

MANN: Aber eine schwarze Krawatte.

FRAU: Es hat unmöglich ausgeschaut.

MANN: Für meine Beerdigung, hat der Beni gesagt, kauft er sich nicht nur einen schwarzen Anzug, sondern sogar eine schwarze Unterhose.

FRAU: Jetzt hör auf. Solche Unanständigkeiten. Wenn uns die Leute zuhören. Da muß man sich direkt genieren. Auf einer Beerdigung.

MANN: Und einen schwarzen Zylinder, hat er gesagt.

FRAU: Zylinder gibt's überhaupt nicht mehr zu kaufen. Die werden gar nicht mehr hergestellt.

MANN: Antiquarisch kauft er ihn.

FRAU: Da tät' mir ja grausen. Wer den womöglich schon alles aufgehabt hat.

MANN: Der Beni hat sowieso Läus'. Da macht das nichts.

FRAU: Eben. Da wär's mir nämlich direkt lieber, der Beni tät' gar nicht zu deiner Beerdigung gehen.

MANN: Der Beni muß mit. Da gibt's gar nichts. Da sorgt schon der Maxl dafür. Wenn der Maxl sagt: Beni, wenn er sagt, Beni, heut wird der Schelle begraben, mit dem wo du dreiunddreißig Jahr' jeden Tag schafkopft hast, das ist eine Ehrenpflicht, wenn des der Maxl sagt, da gibt's nichts, da geht der Beni mit. Da gibt's überhaupt nichts.

FRAU: Wegen mir braucht der Maxl auch nicht mitgehen. Der grinst immer so blöd.

MANN: Wegen dir, wegen dir! Wegen dir geht er nicht mit. Wegen mir geht er mit. Wirst du beerdigt oder ich?

FRAU: Der kann nicht anders als blöd grinsen.

MANN: Das ist ein Kriegsleiden. Da kann er nichts dafür. Das ist, weil eine Granate direkt neben ihm eingeschlagen ist.

FRAU: Das kann schon sein. Aber wie schaut denn das aus, wenn einer bei der Beerdigung dasteht und immerfort grinst.

MANN: Der Maxl muß schon deswegen mit, weil der den Kranz besorgt.

FRAU: Einen Kranz? Daß ich nicht lach'. Von denen kriegst du höchstens ein Bukett. Höchstens.

MANN: Einen Kranz.

FRAU: Da wett' ich hundert Mark mit dir, daß die bei deiner Beerdigung keinen Kranz bringen. Höchstens ein Bukett. Wenn s' nicht überhaupt das auch verschwitzen.

MANN: Der Maxl verschwitzt sowas nicht.

FRAU: Die Sametsgruber, die ja –

MANN: Auf die Sametsgruber lege ich gar keinen Wert nicht. Im Gegenteil –

FRAU: Der Herr Sametsgruber ist ein sehr netter Herr …

MANN: Ich kann mich noch genau erinnern, daß er mich angezeigt hat, weil wir nicht die richtige Verdunklung gehabt haben, im Krieg.

FRAU: Das war nicht der Herr Sametsgruber –

MANN: Selbstverständlich war das der Sametsgruber –

FRAU: Das war nicht –

MANN: Das war der Sametsgruber. Selbstverständlich. Wer denn sonst. Der Herr Blockwart. Wenn der zu meiner Beerdigung kommt, da stirb ich lieber gleich gar nicht. Ich kann mich noch genau erinnern, wie der immer in Uniform in den Luftschutzkeller 'kommen ist. Da hat er sich immer erst fein machen müssen, mit voller Montur und Hakenkreuzbinde. Drum hat er immer so lang 'braucht. Ein paarmal ist er überhaupt erst gekommen, wie schon wieder Entwarnung war. Weil er sich seine paar Haare pomadisieren hat müssen.

FRAU: Jetzt sei nicht immer so gehässig. So gepflegt, der Herr Sametsgruber. Dein Freund Beni könnt' sich ruhig eine Scheibe abschneiden davon, wie der immer ausschaut, dein Beni. So ungepflegt!

MANN: Aber Blockwart war er nicht, der Beni.

FRAU: Ja, da haben s' aber auch andere gebraucht, für so eine verantwortungsvolle Aufgabe. Der besoffene Beni und Blockwart. Hör mir auf.

MANN: Ein Gschaftelhuber war der Sametsgruber. Sonst nichts.

FRAU: Er grüßt immer sehr freundlich. Und du wirst sehen: Die bringen einen Kranz, du wirst es sehen! Und deine Spezi stehen nämlich mit leere Händ' da. Weil sie sogar das Bukett verschwitzen.

MANN: Mir ist der Beni besoffen lieber als wie ein ehemaliger Blockwart nüchtern.

FRAU: Ich versteh' dich nicht, daß du so nachtragend sein mußt –

MANN: Und die acht Laufenden, wo ich gehabt habe, am Dreikönigstag 1956, diese acht Laufenden, wo der Wirt rahmen hat lassen und über unseren Stammtisch hängen, die wirft er mir ins Grab nach, hat er g'sagt, der Beni.

FRAU: Was?

MANN: Hat er mir versprochen.

FRAU: Der kommt mir nicht mit auf die Beerdigung. Das ist ja ein Skandal. Was soll denn da der Herr Pfarrer denken.

MANN: Der Herr Pfarrer giftet sich höchstens, daß er nie im Leben acht Laufende gehabt hat. Das komme alle hundert Jahre einmal vor, daß einer acht Laufende hat. Das ist gewissermaßen wie ein Komet, quasi. So selten. Der alte Griesböck hat in seiner Jugend einmal acht Laufende gehabt. Das war 1882! Mein Lieber. 1882!

FRAU: Der Beni –

MANN: Acht Laufende! Das ist quasi eine Sensation. Und ich habe acht Laufende gehabt. Am Dreikönigstag 1956. Und die acht Karten geben sie mir ins Grab mit.

FRAU: Du hast überhaupt nichts anderes wie deine Spielkarten im Kopf.

MANN: Dann müßt' man dir ein Kreuzworträtsel ins Grab nachwerfen.

FRAU: Das ist was anderes. Ein Kreuzworträtsel ist was Belehrendes. Das sagt sogar die Frau Oberlehrerin Moosbauer.

MANN: Jessas na. Die kommt ja hoffentlich nicht zu meiner Beerdigung.

FRAU: Wenn der Beni kommt, sicher nicht.

MANN: Die alte Heuschrecken.

FRAU: Aber zu meiner Beerdigung kommt sie.

MANN: Diese Ratschen – und womöglich singt sie noch.

FRAU: Selbstverständlich singt sie, das hat sie mir versprochen.

MANN: Das ist der reinste Vogelmord, wenn die singt.

FRAU: Die hat sogar eine Ausbildung als Sängerin.

MANN: Wenn die singt, dann ist das der reinste Vogelmord, weil da die Spatzen tot von die Bäum' fallen, wenn die das Singen anfängt.

FRAU: Die Frau Oberlehrer singt jeden Sonntag in der Kirche. Das weißt du nur nicht, weil du nie hingehst.

MANN: Der Herr Pfarrer hat neulich gesagt, wie er mit dem Herrn Apotheker und den beiden Herren Veterinärassessoren schafkopft hat, zufällig am Nebentisch, deswegen hab' ich's gehört, hat er gesagt: Wenn er nicht müßt', wegen seinem Beruf und weil er die Mess' lesen muß, tät' er auch am liebsten nicht hingehen, wenn die Frau Oberlehrerin singt. Aber er erträgt es in christlicher Demut, hat er gesagt, der Herr Pfarrer.

FRAU: Das hat er nicht gesagt.

MANN: Das hat er schon gesagt.

FRAU: Der Herr Geistliche Rat Irlböck –

MANN: Der ist doch schon pensioniert.

FRAU: – der hat gesagt: Die Frau Oberlehrerin Moosbauer hat die schönste Stimme von der ganzen Pfarrei.

MANN: Weil er so taub ist, daß er die anderen nicht mehr hört.

FRAU: »Caro mio ben« singt sie für mich, hat sie mir versprochen.

MANN: Wegen mir kann s' »Ein so ein warmer Kuahdreck« singen.

FRAU: Auf einer Beerdigung kann man doch nicht »Ein so ein warmer Kuahdreck« singen –

MANN: Warum nicht? Kann man schon. Das hat bloß noch niemand probiert. Der Beni soll bei meiner Beerdigung »Ein so ein warmer Kuahdreck« singen. Jawohl. Der Beni und der Maxl –

FRAU: Sei jetzt still. Wir sind da.

Die Trauergemeinde bleibt stehen.

MANN: Der Beni und der Maxl sollen »Ein so ein warmer Kuahdreck« singen.

FRAU: Sei jetzt still.

MANN: Mit Orgel. »Ein so ein warmer Kuahdreck«.

FRAU: Halt dich jetzt z'rück.

MANN *singt leise:* »Ein so ein warmer Kuahdreck, der ist für alles guat.«

FRAU: Das ist ja direkt pietätlos. Die Leut' schauen schon um.

MANN *singt leise weiter:* »– Im Winter für ein' Brustfleck, im Sommer für ein' Hut.«

Man hört – ohne die einzelnen Wörter zu verstehen – eine Rede.

FRAU: Ein bissel eine Ehrfurcht könntst schon haben …

MANN: Vor wem?

FRAU: Jetzt fangt gleich der Herr Pfarrer zum Predigen an.

MANN: Vor wem soll ich Ehrfurcht haben?

FRAU: Vor der Majestät des Todes.

MANN: »Ein so ein warmer –«

FRAU: Jetzt hörst d' auf!

MANN: Ich hab' vor der lebendigen Höcksreiter keine Ehrfurcht gehabt, ehrlich g'sagt. Warum soll ich nachher vor der toten Höcksreiter …

FRAU: Vor der toten Frau Höcksreiter. Immerhin warst du nicht per Du mit ihr.

MANN: Die Frau Höcksreiter hätt' vor mir auch keine Ehrfurcht g'habt, wenn ich vor ihr gestorben wäre.

FRAU: Vor dir kann man auch kaum Ehrfurcht haben. Kaum.

MANN: Obwohl ich immerhin einmal im Leben acht Laufende gehabt habe. Und sie nicht.

FRAU: Sei still. Ich glaub', der Herr Pfarrer hat schon herg'schaut zu uns.

MANN: Weil sie nämlich überhaupt wahrscheinlich nicht Schafkopfen hat können. Deine Frau Höcksreiter.

FRAU: Am liebern wär mir jetzt direkt, du wärst daheim geblieben.

MANN: Mir auch.

FRAU: Ja, dann geh doch, wennst dich nicht schämst.

MANN: Wieso soll ich mich schämen? Ich bin doch nicht nackert. Wenn ich nackert wär', tät' ich mich schon schämen. Auf der Beerdigung von einer Dame. »Ein so ein warmer Kuahdreck ...«

FRAU: Sei jetzt endlich still.

Die Predigt ist zu Ende. Allgemeines »Amen«.

FRAU: Amen.

MANN: Amen.

Die Trauergemeinde stimmt ein Lied an. Eine weibliche Stimme singt besonders falsch.

MANN: Auweh. Hörst d' es? Das ist die Oberlehrerin.

Frau rempelt ihren Mann an und singt mit.

MANN: Weißt was? Hast du die Wirtschaft da vorn gesehen? »Zur Eiche«? Da wart' ich auf dich.

FRAU: Du bleibst jetzt da.

MANN: Ich werd' eine Halbe auf das Wohl der Verstorbenen trinken. Ein Dunkles, wegen dem ernsten Anlaß.

Der Mann geht. Die Frau schaut ihm bös' nach. Im Weggehen singt der Mann auf die Melodie des Gemeindegesanges: »Ein so ein warmer Kuahdreck ...«

Beatrix von der Hohen Wacht

PERSONEN: Rechtsanwalt Plettenschreck, Frau Segelmann, Rechtsanwältin Lattich, Herr Maushuber, Richterin, Protokollführer(in), Herr Bonatzki

I.

Anwaltskanzlei. Rechtsanwalt Plettenschreck und Frau Segelmann. Hundegebell.

PLETTENSCHRECK: Können Sie nicht irgendwie –
SEGELMANN: Wie bitte?
PLETTENSCHRECK *brüllt, um das Gekläff zu übertönen:* Ob Sie nicht vielleicht Ihren Hund dazu bringen können, daß er nicht mehr bellt?
SEGELMANN: Ich muß ihn doch mitbringen. Schließlich geht es um ihn. Um s i e, besser gesagt.
PLETTENSCHRECK: Aber man versteht ja sein eigenes Wort nicht.
SEGELMANN: Wenn ich Ihnen die Geschichte erzählt habe, werden Sie es schon verstehen.
PLETTENSCHRECK: Ich verstehe nicht?!
SEGELMANN: Wie bitte?
PLETTENSCHRECK: Der Hund bellt so laut!
SEGELMANN: Ach so. *Sie geht zur Tür und ruft hinaus.* Braves Hundi, brave Irma! Schön sitzi!
Der Hund kläfft noch ein paarmal, dann gibt er Ruhe.

SEGELMANN *setzt sich wieder:* Irma heißt sie. Ein Weibchen. Also: Eigentlich heißt sie nicht Irma, sie wird nur Irma gerufen, weil schon bei meiner Mutter selig alle Hunde Irma geheißen haben. Wir haben immer Hunde gehabt. Wir sind eine äußerst tierliebende Familie. Und alle Hunde haben Irma geheißen, nur einer, der hat – *etwas verschämt* – der hat Adolf geheißen. Aber mein Vater ... Sie müssen halt die Zeit bedenken ... und Adolf war schließlich ein reinrassiger Schäferhund –

PLETTENSCHRECK: Ich glaube, Frau – *er schielt auf seine Unterlagen* – Segelmann, das hat wohl mit der Sache, derentwegen Sie zu mir kommen, nichts zu tun?

SEGELMANN: Ja. Verzeihung.

PLETTENSCHRECK: Ich glaube auch, es ist auch in Ihrem Interesse, wenn wir zu Stuhle kommen, bevor Ihr Adolf wieder zu kläffen anfängt.

SEGELMANN: Irma!

PLETTENSCHRECK: Pardon. Irma.

SEGELMANN: Sie heißt in Wirklichkeit Beatrix von der Hohen Wacht. Aber, wie gesagt, weil alle unsere Hunde Irma geheißen haben, und ihm, also dem Hund, ist es ja letzten Endes gleichgültig –

PLETTENSCHRECK: Ja. Also gut. Irma. *Notiert.*

SEGELMANN: Nein, nein, notieren Sie ruhig: Beatrix von der Hohen Wacht, genannt Irma. Eine reinrassige Hündin. Westland-Terrier. Ich habe den Stammbaum mitgebracht. Hier: Der Vater war Axel von der Hohen Wacht, die Mutter: Clorinde vom Sonnenhof, dreimalige Bundessiegerin ...

PLETTENSCHRECK: Ja – gut. Aber diese Einzelheiten kann ich wohl dem Stammbaum entnehmen.

SEGELMANN: Ja. Bitte.

PLETTENSCHRECK: Und worum geht es nun?

SEGELMANN *senkt den Kopf:* Es ist eine sehr heikle Angelegenheit. Ich weiß nicht recht, ob ich als Dame … Sie verstehen. Es berührt den Intimbereich.

PLETTENSCHRECK: Ihren? oder den vom Hund?

SEGELMANN: Es ist praktisch so – Sie müssen wissen: Ich bin verwitwet. Ich habe keine Kinder. Mein Vermögen – mein nicht unbeträchtliches Vermögen – *Plettenschreck spitzt sichtbar die Ohren, vielleicht entschlüpft ihm ein kurzes »Ah!«* – erbt dereinst meine Irma – Sie ist … sie ist wie … wie ein Stück von mir. Ich hätte vielleicht doch … Sie verstehen: Sie als M a n n –

PLETTENSCHRECK: Vor dem Rechtsanwalt braucht man sich so wenig genieren wie vor dem Arzt.

SEGELMANN: Wirklich?

PLETTENSCHRECK: Ja. Auch einem Rechtsanwalt ist nichts Menschliches fremd. Er ist daran gewöhnt, sozusagen täglich in die infernalischsten Schicksals-Abgründe zu blicken.

SEGELMANN: Das haben Sie sehr schön gesagt. Ich sehe: Sie verstehen mich. »Infernalische Schicksals-Abgründe«. Sehr schön. Respektive: schrecklich. Ein solcher Schicksals-Abgrund hat … ist … hat meine Irma ereilt. Und damit gleichzeitig quasi mich. Setzen Sie nur die Klage auf. Kosten spielen keine Rolle.

PLETTENSCHRECK: Einen Moment. Sie müssen mir schon sagen: gegen wen?

SEGELMANN: Ach so. Natürlich. Das können Sie nicht wissen. Gegen den Maushuber selbstverständlich.

PLETTENSCHRECK *notiert:* Maushuber. Adresse?

SEGELMANN: Die gleiche Adresse wie ich, nur Haus-Nummer 8 statt 6.

PLETTENSCHRECK: Oje. Ihr Nachbar?

SEGELMANN: Kennen Sie ihn?

PLETTENSCHRECK: Nein. Nur: weil er auf Nummer 8 und Sie auf Nummer 6 …

SEGELMANN: Ach so. Ja. Ist auch besser für Sie, wenn Sie den nicht kennen. Ein – wie soll ich sagen – *leise* – ein Unmensch. Franz Xaver heißt er mit Vornamen.

PLETTENSCHRECK: Gut. Und nun?

SEGELMANN: Nicht »und«. Schicken Sie ihm eine Klage. Er weiß schon, warum.

PLETTENSCHRECK: So geht es nicht. Die Klage muß ich bei Gericht einreichen. Dazu muß ich den Sachverhalt schildern. Den Tatbestand.

SEGELMANN: Das ist mir sehr peinlich.

PLETTENSCHRECK: Frau Segelmann – ich verhehle nicht, daß ich auch noch andere Sachen zu erledigen habe. Entweder Sie sagen mir jetzt klipp und klar, worum es geht, oder ich muß leider –

SEGELMANN *weinerlich:* Der Maushuber ist ein – Unhold. Er hat sich … ich weiß nicht, wie ich mich ausdrücken soll … Sie müssen schließlich verstehen, daß Sie eine Witwe vor sich haben, die … also: Mein Mann, Konrad hat er geheißen, ist im Jahr 52 gestorben, und selbst davor haben wir – also mein Konrad und ich – in sittlicher Hinsicht … mein Mann hat jahrelang, ja jahrzehntelang die linke vordere Stange vom Traghimmel bei der Fronleichnamsprozession in Trudering getragen, und mir ist –

PLETTENSCHRECK *leise:* Jetzt verstehe ich, warum Sie keine Kinder haben.

SEGELMANN: Wie bitte?

PLETTENSCHRECK: Nichts, nichts. Kommen Sie bitte endlich zur Sache.

SEGELMANN: Der Maushuber hat sich … hat sich uns in sittlicher Weise genähert. Irma und mir.

PLETTENSCHRECK: Irma und Ihnen?

SEGELMANN: Irma sozusagen direkt, mir indirekt. In sittlicher Weise. Also anders ausgedrückt: in unsittlicher Weise.

PLETTENSCHRECK: Der Maushuber?

SEGELMANN: Noch dazu in der Fastenzeit.

PLETTENSCHRECK: Ja – und ... der Maushuber ...? Wie groß ist denn Ihre Irma?

SEGELMANN: Nicht direkt der Maushuber. Sie verstehen.

PLETTENSCHRECK: Nein.

SEGELMANN: Der Batzi.

PLETTENSCHRECK: Wer ist der Batzi?

SEGELMANN: Der Batzi – dem Maushuber sein Hund. Ein ordinärer Köter. Eine Rassenvermischung. Von einem Stammbaum keine Rede. Der steht meilenweit – ich sage: meilenweit unter meiner Irma. So halb Dackel, halb Foxl und ein bißchen Spaniel ist auch dabei. *Ironisch:* Batzi von der Rinnstein-Kante. So einer.

PLETTENSCHRECK: Langsam begreife ich. Und dieser Batzi hat –

SEGELMANN: Hat sich an meiner Irma sittlich vergriffen.

PLETTENSCHRECK: Aha.

SEGELMANN: Ja. Und ich sage Ihnen: Der hat es absichtlich getan. Ich sage Ihnen: Der hat das mit voller Absicht getan.

PLETTENSCHRECK: Das glaube ich auch.

SEGELMANN: Nicht der Batzi. Das räume ich ja ein – der Batzi, der kann ja schließlich nichts dafür. Der ist ja nur seinem – *verschämt* – Triebleben gefolgt. Aber der Maushuber, der hat das absichtlich getan. Der hat ganz genau gewußt, daß die Irma – *stockt* – in ... in, wie soll ich sagen, in erregtem Zustand ist –

PLETTENSCHRECK: Also läufig.

SEGELMANN *seufzt tief:* Was für ein Wort für eine Beatrix von der Hohen Wacht.

PLETTENSCHRECK: Und Sie haben das gesehen?

SEGELMANN: Gesehen? Ich? Gesehen? Was halten Sie von mir? Sie haben eine Witwe vor sich, die seit Jahrzehnten keine fleischlichen Gedanken mehr ... hegt, wenn man so sagen kann. Natürlich habe ich das n i c h t gesehen. Ich habe gar nichts davon gemerkt. Ich habe nur am nächsten Tag in der Früh gemerkt, daß ich leider versehentlich das Küchenfenster im Parterre offengelassen habe, weil ich am Tag vorher Kraut gekocht habe, und der Geruch –

PLETTENSCHRECK: Ja, ja. Das sind alles nur Nebenumstände. Ihre läufige Hündin hat also die Gelegenheit des offenen Küchenfensters ergriffen und ist, nehme ich an, in den Garten, wo es zur, sagen wir schonend: zur Begegnung mit dem widerrechtlich dorthin eingedrungenen Mischhund Batzi gekommen ist –

SEGELMANN: Welches nicht ohne Folgen geblieben ist.

PLETTENSCHRECK: Ach so, dann haben Sie also jetzt mehrere Hunde, und Sie wollen von dem Herrn Maushuber – hm, ich verstehe – *notiert* – Schadensersatz für die Mehrkosten an Futter ...

SEGELMANN: Nein! Wo denken Sie hin. Ich würde nie gestatten, daß Bastarde von diesem Batzi in mein Haus kommen. Ich habe – *seufzt tief* – trotz schwerwiegender, ja: schwerwiegendster Bedenken, die mir auch die Rücksprache mit dem Herrn Stadtpfarrer nicht ausräumen konnte ... *seufzt wieder* ... einem Eingriff zugestimmt.

PLETTENSCHRECK: Na ja. Dann ist ja alles wieder in Ordnung

SEGELMANN: Alles in Ordnung? Sie wollen ein Tierfreund

sein, Herr Rechtsanwalt? Alles in Ordnung? Nichts ist in Ordnung. Erstens hat diese Ab- *verschluckt sich* – dieser Eingriff beim Tierarzt über 120 Mark gekostet, hier ist die Rechnung – und zweitens ist Irma für alle Zeit verdorben.

PLETTENSCHRECK: Sie meinen – wenn Irma einmal moralisch so tief gesunken ist –

SEGELMANN: Unsinn. Irma ist natürlich moralisch so hochstehend wie eh und je. Ein Fehltritt, der jedem passieren kann, fast jedem. Nein: Sie gilt nicht mehr als reinrassig. Hier sind die Bestimmungen des Bundesverbandes der Westland-Terrier-Züchter e.V. Bitte. »E.V.«!

PLETTENSCHRECK *liest die Bestimmungen:* Aha. Interessant.

SEGELMANN: Interessant nennen Sie das? Sie sind mir der richtige. Ungeheuer. Ein ungeheurer Vorgang. Ein Komplott seitens dieses Maushuber –

PLETTENSCHRECK: Mhm. *Liest noch immer.* Das ist in der Tat … selbst wenn die Hündin nur ein einziges Mal von einem nicht den Zuchtbestimmungen entsprechenden Rüden gedeckt worden ist, ist sie auch dann nicht mehr als reinrassig anzusprechen, wenn sie die Welpen nicht ausgetragen hat. Hm. Sagen Sie, Frau Segelmann, was war Ihr Hund wert, bevor er – also sie – ihren Fehltritt getan hat.

SEGELMANN: Ich habe eine Bestätigung vom Zwinger, wo ich sie gekauft habe. Hier –

PLETTENSCHRECK: Gut. Wenigstens haben Sie die Unterlagen alle dabei.

SEGELMANN: 1500 Mark.

PLETTENSCHRECK: Und jetzt?

SEGELMANN *seufzt:* Null. Also für mich – ich bitte Sie, ist sie Millionen wert, Milliarden – unbezahlbar, aber –

PLETTENSCHRECK: Ich verstehe. Ja. Ich denke, da läßt sich was machen. Tierarztrechnung – Schadensersatz für den Wertverlust – gut. Jetzt ist nur die Frage: Sie sagen, Sie haben – nicht gesehen?

SEGELMANN: Aber der Bonatzki hat es doch gesehen.

PLETTENSCHRECK: Wer ist der Bonatzki?

SEGELMANN: Der Bonatzki ist der, der es gesehen hat. Er wohnt auf Nummer 10.

PLETTENSCHRECK: Ich verstehe: ein weiterer Nachbar.

SEGELMANN: Ja. Und der hat mir ein paar Tage später – beim Einkaufen gesagt, wo ich ihn zufällig getroffen habe – er ist Eisenbahner, aber wie sich hier zeigt, ein Gentleman, während der Maushuber natürlich ein ordinärer Mensch ist – hat mir also gesagt – ich möchte das nicht wiederholen – er hat eben in seiner einfachen, etwas derben Eisenbahnersprache den Vorgang, den b e d a u e r l i c h e n Vorgang geschildert.

PLETTENSCHRECK: In seiner derben, einfachen Eisenbahnersprache.

SEGELMANN: Was nicht meine Sprache ist, wie Sie sich denken können. Mein Mann war Oberinspektor.

PLETTENSCHRECK: Herr Bonatzki hat also den Vorfall beobachtet?

SEGELMANN: So ist es.

PLETTENSCHRECK: Und er ist bereit, seine Beobachtungen bei Gericht zu bezeugen?

SEGELMANN: Er hat mir gesagt, daß er alles bezeugt, was den Maushuber ärgert.

PLETTENSCHRECK: Wieso das?

SEGELMANN: Weil die doch prozessieren.

PLETTENSCHRECK: Hat der Bonatzki auch eine Hündin –?

SEGELMANN: Nein. Wegen dem Maushuber seiner Fichtenhecke, die er sich weigert zu stutzen.

PLETTENSCHRECK: Oje. Na gut. Soll uns hier nicht kümmern. Also, Frau Segelmann – *er steht auf* – wird gemacht. Sie hören von mir, wenn die Klage eingereicht ist. Wenn Sie mir nur noch die Vollmacht unterschreiben würden, und dann wäre ein Vorschuß fällig.

SEGELMANN: Selbstverständlich. Für meine Irma ist mir nichts zu viel.

PLETTENSCHRECK: Wenn wir den Prozeß gewinnen, kriegen Sie ja alles erstattet.

SEGELMANN: Wir müssen den Prozeß gewinnen.

PLETTENSCHRECK: Ich werde mein Möglichstes tun. Mein Äußerstes.

SEGELMANN: Sie wissen also nicht, ob wir den Prozeß gewinnen?

PLETTENSCHRECK: Ich habe auf Rechtsanwalt studiert, nicht auf Prophet.

SEGELMANN *steht auf:* Und meine Irma? Die wollen Sie nicht in Augenschein nehmen? Wo sie doch das – wie sagt man – corpore dilectus –?

PLETTENSCHRECK: Nicht erforderlich. Grüßen Sie sie von mir.

– Vorhang –

II.

Korridor vor dem Gerichtssaal. Frau Segelmann sitzt auf einer Bank. Plettenschreck kommt.

SEGELMANN *springt auf:* Gut, daß Sie endlich da sind.

PLETTENSCHRECK: Wieso »endlich«? Jetzt ist es zwanzig nach, und um halb beginnt die Beweisaufnahme.

SEGELMANN: Man hat meine Irma unten festgehalten.

PLETTENSCHRECK: Ich habe Ihnen doch gesagt: Sie brauchen erstens überhaupt nicht zu kommen, ich mache das schon richtig hier, und zweitens: Wenn Sie schon unbedingt dabei sein müssen, dann hätten Sie wenigstens Ihren Hund daheim lassen sollen.

SEGELMANN: Aber wenn es doch um sie geht. Da hat doch ein Unhold in so einer grünen Jacke da unten in dem Glaskasten in einem barschen Ton – ja: in einem förmlich kalten Ton gesagt: »Der ...« – ich bringe das gar nicht über die Lippen – »... der Köter ...« – ein Unhold in grüner Jacke – »... der Köter bleibt draußen.« Und das zu Irma, wo sie ohnedies in letzter Zeit soviel durchgemacht hat.

PLETTENSCHRECK: Hunde dürfen nicht in Sitzungssäle.

SEGELMANN: Aber der Richter muß sich doch ein Bild von Irma machen?

PLETTENSCHRECK: Richterin.

SEGELMANN: Richterin? Das ist sehr gut. Das ist sehr gut, daß Sie bei einer Richterin Klage erhoben haben. Da hätte ich gar nicht daran gedacht. Von einer Richterin – erwarte ich nur erhöhtes Verständnis für Irmas Situation –

Rechtsanwältin Lattich kommt mit Herrn Maushuber. Plettenschreck geht zu Lattich und begrüßt sie.

PLETTENSCHRECK: Frau Kollegin!

LATTICH: Herr Plettenschreck, ich grüße Sie.

Segelmann schaut ostentativ über Maushuber hinweg.

PLETTENSCHRECK: Ich war vorhin drin. Es scheint, daß unsere Sache pünktlich aufgerufen wird.

LATTICH: Hoffentlich.

Lattich wendet sich Maushuber zu und flüstert mit ihm. Plettenschreck tritt zu Segelmann.

SEGELMANN *zischt:* Sie reden mit dieser Person?

PLETTENSCHRECK: Wieso? Sie ist Kollegin.

SEGELMANN: Nachdem sie solche Lügen in ihrem Schriftsatz geschrieben hat?

PLETTENSCHRECK: Sie muß die Interessen ihres Mandanten vertreten, so wie ich Ihre vertrete.

SEGELMANN: Aber solche schamlosen Lügen –

PLETTENSCHRECK: Die Gerechtigkeit wird sie in den Wind zerstreuen.

SEGELMANN: Das will ich hoffen.

PLETTENSCHRECK: Und ich hoffe, daß der Bonatzki pünktlich kommt.

Plettenschreck und Segelmann treten etwas zurück, Lattich und Maushuber vor.

MAUSHUBER: Außerdem kann er gar nicht.

LATTICH: Wie?

MAUSHUBER: Der Hund. Er kann gar nicht. Ich weiß nicht, ob Sie als Dame das verstehen. Er ist – er ist Eunuche. Batzi ist kastriert.

LATTICH: Und das sagen Sie mir erst jetzt? Das hätte ich längst in den Prozeß einführen müssen.

MAUSHUBER: Das kann man doch immer noch, oder nicht?

LATTICH: Ja, schon. Aber das werden die anderen bestreiten.

MAUSHUBER: Kann ohne weiteres nachgewiesen werden.

LATTICH: Haben Sie den Hund dabei? Oder noch besser ein tierärztliches Zeugnis?

MAUSHUBER: Nein.

LATTICH: Dann müssen wir den Antrag stellen, daß Ihr Hund tierärztlich untersucht wird.

MAUSHUBER: Meinetwegen. Aber erst später.

LATTICH: Wieso später?

MAUSHUBER: Weil er krank ist.

LATTICH: Was fehlt ihm denn?

MAUSHUBER *zögert, verlegen:* Eine ... eine Verletzung am Bauch.

LATTICH *mißtrauisch:* Verletzung am Bauch? Wie ist denn das passiert?

MAUSHUBER: Ja. Wie ist das passiert. Wie halt sowas passiert. Kann vorkommen. Ist über den Zaun gesprungen – es war ein ... ein sogenannter ... also: ein Drahtzaun, nicht wahr, und hat sich ... der Hund ... quasi ... am Baucherl verletzt.

LATTICH: Am Baucherl verletzt?

MAUSHUBER: Kann jedem passieren.

LATTICH: Mir nicht.

MAUSHUBER *schaut die Rechtsanwältin an:* Na ja – vielleicht Ihnen nicht.

LATTICH *deutlich:* Sie haben Ihren Hund erst gestern kastrieren lassen!

MAUSHUBER *senkt den Kopf:* Helfen Sie jetzt zu mir oder zu die andern?

LATTICH: Stimmt's?

MAUSHUBER: Vorgestern.

LATTICH: Dann werden wir dieses Argument lieber außen vor lassen.

PLETTENSCHRECK *kommt vor:* Der Zeuge kommt.

Bonatzki tritt auf, gleichzeitig kommt die Wachtmeisterin aus dem Sitzungssaal.

WACHTMEISTERIN: Die Sache Segelmann gegen Maushuber.

Alle gehen in den Sitzungssaal.

– Vorhang –

III.

Sitzungssaal. Richterin, Protokollführer(in), die beiden Rechtsanwälte, Frau Segelmann und Maushuber. Der Zeuge Bonatzki.

BONATZKI: Bonatzki, Werner.

RICHTERIN: Wieviel vollendete Jahre alt?

Bonatzki gibt das ungefähre Alter des Schauspielers an, der ihn spielt.

RICHTERIN: Familienstand und Beruf?

BONATZKI: Verheiratet. Bundesbahnbetriebswart.

RICHTERIN: Wohnhaft – Derendingerstraße 10 in München-Trudering. Verwandt oder verschwägert mit den Parteien?

BONATZKI: Verwandt? Oder verschwägert? Soll ich vielleicht mit einem Hund verwandt sein?

RICHTERIN: Der Hund ist nicht Partei. Ob Sie mit einem der Hundehalter verwandt oder verschwägert sind?

BONATZKI: Nein, nein. Das nicht. Nur benachbart.

RICHTERIN: Ja, ja. Das wissen wir. Also: Sie sollen Zeuge eines Vorfalls gewesen sein, der sich zwischen den Hunden der hier streitenden Parteien abgespielt hat –

SEGELMANN *aufgeregt:* Bitte! bitte! Zwischen ist falsch. Meine Irma hätte nie zwischen, also – da kenne ich sie – zu gut –

RICHTERIN: Bitte um Ruhe. Wenn Sie was zu sagen haben, kommen Sie später schon noch dran.

PLETTENSCHRECK *drückt Segelmann auf ihren Stuhl nieder, zischt:* Sind S' doch still. Sie verderben sonst alles.

SEGELMANN *bös:* Helfen Sie zu mir oder zu die anderen?

RICHTERIN: Also, Herr Bonatzki, Sie erinnern sich an den Vorgang?

BONATZKI: Jaa – erinnern, das ist so eine Sache. Freilich, freilich, erinnern tu ich mich schon. Dunkel.

RICHTERIN: Und woran erinnern Sie sich dunkel?

BONATZKI: Naturgemäß an die Dunkelheit. Ich erinnere mich daran, daß es dunkel war.

RICHTERIN: Sie erinnern sich dunkel ... daran, daß es dunkel war?

BONATZKI: Nein! Gell, das ist interessant an der Sache: Ich erinnere mich, ehrlich gesagt, an die ganze Angelegenheit nur d u n k e l, nur, daß es d u n k e l war, daran erinnere ich mich sozusagen h e l l. Wenn man sich so ausdrücken kann.

RICHTERIN: Gut. Es war also dunkel. Und dann?

BONATZKI: Nix. Dann hat der Hund die Hündin ge ... – *er schaut die Richterin zweifelnd an* – ... ich weiß nicht, ob ich das so d a vor Ihnen sagen kann. *Kichert.*

RICHTERIN: Sie brauchen ja nicht gerade die ordinärsten Ausdrücke gebrauchen.

PROTOKOLLF.: Was soll ich jetzt da schreiben?

BONATZKI: Nein, ich meine – weil Sie so jung sind. Im Fernsehen sind die Richter immer so mehr würdige, gesetzte Personen. Mit Perücke. Ich hab', ehrlich gesagt, nicht erwartet, daß so eine junge Person ... Sie sind schon geschlechtlich aufgeklärt? Weil, das ist die Voraussetzung für das, was ich beobachtet hab'.

RICHTERIN: An den Storch glaube ich nicht mehr.

BONATZKI: Gut. Also na ja. Er ist halt drauf auf die Hündin. Der Hund. War schließlich Vollmond, nicht war, und da hat die Hündin halt – wie soll ich sagen – Gefühle gehabt.

SEGELMANN: Hat überhaupt keine – für so einen Köter k a n n meine reinrassige Irma gar keine Gefühle empfinden.

RICHTERIN: Ich bitte Sie, die Vernehmung nicht zu unterbrechen, Frau Segelmann.

SEGELMANN: Da lege ich meine Hand dafür ins Feuer.

PROTOKOLLF.: Soll ich das auch schreiben?

PLETTENSCHRECK *drückt Segelmann wieder in ihren Stuhl:* Nachher.

SEGELMANN *leise:* Ich habe langsam wirklich das Gefühl, Sie helfen zu den andern.

RICHTERIN: Also, Herr Bonatzki, Sie haben beobachtet –

BONATZKI: Es war Vollmond. Sonst dunkel. Logisch. Der Hund ist über die Hecke gesprungen, und die Hündin von der Frau Segelmann ist aus dem Küchenfenster, und dann ... lang hat's nicht gedauert ... *lacht verlegen* ... ein kurzes Vergnügen, und dann ist der Hund über den Zaun wieder davon, und die Hündin ist wieder durchs Küchenfenster hineingesprungen.

RICHTERIN: Und das Ganze haben Sie einige Tage später der Frau Segelmann erzählt?

BONATZKI: Ja, freilich. Wir haben uns zufällig beim Metzger getroffen, nicht wahr, die Frau Segelmann hat ... also, was die gekauft hat, weiß ich nicht mehr. Ich habe gekauft – *denkt scharf nach* – zweihundert Gramm Salami, nicht zu fett, vier Regensburger und –

RICHTERIN: Das ist ja nicht so wichtig.

BONATZKI: Wenn Sie meinen.

RICHTERIN: Und dann haben Sie also dort beim Metzger der Frau Segelmann Ihre Beobachtung betreffs Begattung –

SEGELMANN *stöhnt auf:* Begattung!

PROTOKOLLF.: Wie schreibt man »Begattung«?

RICHTERIN: – des Hundes Irma mitgeteilt.

BONATZKI: Na ja. Wie man halt so red't. Ich hab' g'sagt: Gell ja – jetzt werden S' bald Nachwuchs erwarten.

Ich?! hat die Segelmann, also Pardon, die Frau Segelmann, aufgeheult –

PLETTENSCHRECK: Bitte mäßigen Sie sich!

BONATZKI: – Sie hat halt aufgeheult. *Ahmt die Segelmann nach.* Ich?! Wo denken Sie hin? Ich? Die ich seit Jahrzehnten keine fleischlichen Erfahrungen mehr und nur meinen Hund habe ... Nein, nein, hab' ich g'sagt, nicht Sie. Sie sind da drüber 'naus, das sieht man ja sofort, aber Ihre Irma. Waß? hat sie gesagt. Waß? Meine Irma ist eine unberührte Jungfrau. Möglich, habe ich gesagt, bis vorgestern nacht, aber dann hat's ein gewisser Batzi im Gleichschritt im Garten herumgeschoben –

SEGELMANN: Sie ordinärer Mensch –

RICHTERIN: Bitte um Ruhe.

BONATZKI: Seitdem dürft's mit der irmischen Jungfräulichkeit vorbei sein. Und da wird halt jetzt Nachwuchs kommen.

RICHTERIN: Ja, gut. Aber das Entscheidende ist: Der ... der künftige Vater, oder wie man da sagen soll, war der Rüde Batzi, der dem Beklagten gehört.

MAUSHUBER: War er nicht!

RICHTERIN: Sie sind vorerst ruhig. Also, Herr Zeuge?

BONATZKI: Na ja, schon. Eher.

RICHTERIN: Was heißt: S c h o n, e h e r.

BONATZKI: Es war, wie gesagt, dunkel. Und ich kann mich ohnedies nur dunkel erinnern. Gewesen sein könnte er es schon. So der Größe nach.

SEGELMANN: Aber Sie haben mir doch klipp und klar damals gesagt –

RICHTERIN *ärgerlich:* Ich bitte mir jetzt aus, daß die Reihenfolge des Fragerechts eingehalten wird. Also, Herr Zeuge: Sie sind sich also nicht sicher –?

BONATZKI: Na ja. Sicher ... was heißt sicher. Es war halt dunkel, und in der Nacht sind, wie man so sagt, alle Katzen grau, was bekanntlich auch für Hunde gilt. Er könnt's gewesen sein, der Batzi. Ich mein' halt, daß er's gewesen ist. Schwören tät' ich schon drauf, wetten nicht.

RICHTERIN: Sie können also nicht ausschließen, daß der ... der ... der ...

SEGELMANN: – Sittenstrolch –

RICHTERIN *wirft Segelmann einen bösen Blick zu:* ... der betreffende Rüde auch ein anderer Hund gewesen sein könnte?

BONATZKI: Nein, nein. Das heißt: ja, ja.

RICHTERIN: Also was jetzt?

BONATZKI: Der Batzi wird's schon gewesen sein – oder ein ähnlicher Hund.

RICHTERIN *an Plettenschreck:* Hat der Klägervertreter noch Fragen?

PLETTENSCHRECK: Ja, da muß ich schon nachhaken – Herr Zeuge, damals, wie Sie meiner Mandantin erzählt haben, daß der Batzi die Irma –

SEGELMANN: – vergewaltigt hat –

BONATZKI: Also von vergewaltigen kann überhaupt keine Rede sein. Da bin ich ganz sicher. Die Irma hat sich, wenn man so sagen kann, nicht zweimal bitten lassen. Und dann, wie's vorbei war, hat s' fröhlich mit dem Schweiferl g'wedelt.

SEGELMANN *ist der Ohnmacht nahe:* Ich überlebe das nicht. Herr Rechtsanwalt – mir ist gar nicht gut – wie gemein können die Menschen sein.

PLETTENSCHRECK: Jetzt nehmen Sie sich zusammen.

SEGELMANN: Oje – oje – wenn ich nur lebend aus diesem Schlammpfuhl wieder rauskomme.

RICHTERIN: Was haben Sie gesagt? Schlammpfuhl? Wen meinen Sie damit?

PLETTENSCHRECK *zur Segelmann:* Psst! Sie verderben doch alles. *Zur Richterin.* Ich bitte um Entschuldigung. Meine Mandantin ist mit etwas schwachen Nerven behaftet. *Zum Zeugen.* Damals waren Sie sich sicher?

BONATZKI: Na ja. So halb und halb. Außerdem –

PLETTENSCHRECK: Was außerdem?

BONATZKI: Ich wollte halt auch den Maushuber ärgern. Aber inzwischen hat er ja seine Fichtenhecke gestutzt, und da muß ich halt doch bei der Wahrheit bleiben.

PLETTENSCHRECK *setzt sich:* Keine Fragen.

LATTICH: Keine Fragen.

PLETTENSCHRECK und LATTICH: Kein Vereidigungsantrag.

RICHTERIN: Beschluß: Der Zeuge bleibt unvereidigt. Kann er gehen?

PLETTENSCHRECK und LATTICH: Ja.

RICHTERIN: Dann können Sie gehen, Herr Bonatzki. Hier haben Sie die Anweisung Ihrer Zeugengebühren.

SEGELMANN *kreischt auf:* Waß? Der kriegt Geld auch noch? Für seine himmelschreienden Lügen kriegt der noch Geld? Meine Irma hat keine Sekunde Vergnügen bei dieser … bei dieser Vergewaltigung empfunden. Keine Sekunde. Ich kenne meine Irma wie mich selbst. Wir sind ein Herz und eine Seele, wir sind w i e e i n s –

MAUSHUBER *trocken:* Dann sind S' doch froh, daß der Batzi statt der Irma nicht Sie derwischt hat.

SEGELMANN *schnell, bös:* Sie geben also zu, daß es der Batzi war?

LATTICH: Oder der Hund, der den Überfall verübt hat.

SEGELMANN: Ich lehne dieses Gericht ab. Ich lehne alle ab. Sie sind keine Tierfreunde. Ich lasse meine Irma nicht von einer Richterin in den Schmutz ziehen, die offensichtlich nicht die sittliche Reife zur Beurteilung eines reinrassigen Westland-Terriers hat...

PROTOKOLLF.: Was soll ich jetzt da schreiben?

LATTICH *süffisant:* Ehemals reinrassig.

SEGELMANN *springt auf:* Stecken Sie sich Ihr Urteil an den Hut.

PLETTENSCHRECK: Frau Segelmann, beruhigen Sie sich –

SEGELMANN: Und Sie sind überhaupt eine Flasche. Wenn Sie nicht einmal diesen Prozeß gewinnen können. *Sie geht hinaus.* Die ganze Justiz kann mir gestohlen bleiben. *Sie haut die Tür zu, macht sie aber sofort wieder auf.* Und meiner Irma auch. *Sie haut die Tür wieder zu.*

RICHTERIN *zu Plettenschreck nach einer kurzen Pause:* Und, was machen wir jetzt?

PLETTENSCHRECK: Ich entnehme aus der letzten Äußerung meiner Mandantin – ohne daß ich mich mit dieser Äußerung identifiziere –, daß ich befugt bin, die Klage zurückzunehmen.

RICHTERIN *diktiert:* Klägervertreter nimmt die Klage zurück.

PROTOKOLLF.: Klägervertreter nimmt die Klage zurück.

RICHTERIN: Vorgelesen und genehmigt. Die Sitzung ist geschlossen.

Alle stehen auf. Die Richterin und der/die Protokollführer(in) gehen hinaus. Plettenschreck und Lattich räumen ihre Sachen zusammen. Lattich tritt zu Plettenschreck hin.

LATTICH: Der Hauptleidtragende ist trotzdem der Batzi.

PLETTENSCHRECK: Wieso?

LATTICH: Mein Mandant war der Meinung, daß sich Batzi vorsorglich einer gewissen Operation unterziehen lassen muß.

PLETTENSCHRECK: Oje. So war dieses Vergnügen das letzte für Batzi?

LATTICH: So ist es. Wenn einer zu klagen hätte, dann er.

PLETTENSCHRECK: Den letzten beißen die Hunde.

LATTICH: Sogar den letzten Hund beißen die Hunde.

– Vorhang –

Der Ersatzapostel

PERSONEN: Mann, Frau, Fräulein Pfanderl

Dunkler Wohnflur einer Kleinbürgerwohnung. Die Vorhänge sind zu. Eine Wanduhr tickt. Es läutet. Es rührt sich nichts. Es läutet wieder. Es läutet ein paarmal. Es läutet Sturm.

Eine männliche Stimme von hinten: Maaari!
Eine weibliche Stimme von hinten: Was schreist d' denn so?
MANN: G'läut hat's.
FRAU: Wer hat g'läut'?
MANN: Weiß ich doch net. Aber g'läut' hat's.
Es läutet wieder ein paarmal.
MANN: So eine Unverschämtheit. Wie spät is's denn?
Die Frau schlurft aus dem Schlafzimmer, zieht ihren Schlafrock an.
FRAU *schreit nach hinten:* Warum allweil ich aufstehn muß! *Sie macht Licht, blinzelt auf die Wanduhr.* Halbe achte.
Es läutet wieder.
MANN: Sind die narrisch! Was is' denn heut'?
FRAU: Mittwoch.
MANN: Naa. Donnerstag.
Es läutet wieder.
FRAU: Jaa. Jaa. Ich komm' schon. *Sie macht auf.* Ja, Fräulein Pfanderl. Wieso –

FRL. PFANDERL: Entschuldigen S', daß ich so früh –

FRAU: Is' was passiert?

FRL. PFANDERL: Ja, der Herr Pfarrer schickt mich –

MANN *schreit von hinten:* Wer is' denn der Verbrecher, der um halbe achte am Gründonnerstag … der Teifi soll 'n doch hol'n –

FRAU *schreit nach hinten:* Jetzt halt dei' Maul – die Pfarrschwester ist's –

Die Frau haut die Tür zum Schlafzimmer zu. Während des folgenden Dialoges öffnet sie die Vorhänge und Fensterläden.

FRL. PFANDERL: Ja, der Herr Pfarrer schickt mich – es is' nämlich – wie spät is' denn schon?

FRAU: Halbe achte –

FRL. PFANDERL: Um Gott's willen, um Gott's willen –

FRAU: Is' die Kirche abbrennt, am Gründonnerstag, ausg'rechnet?

FRL. PFANDERL: Naa –

Frau schaut beim Öffnen der Läden aus dem Fenster.

FRAU: Oh, pfui Teifi – respektive – mich leckst am Arsch – so ein Scheißwetter. Das soll ein Gründonnerstag sein –

FRL. PFANDERL: Der Herr Pfarrer hat mich nämlich rüberg'schickt, weil, hat er g'sagt, der Herr Pfarrer, hat er g'sagt –

FRAU: Das hat ja g'schneit in der Nacht.

FRL. PFANDERL: Ja. Aber der Schnee bleibt nimmer lang liegen –

Der Mann schlurft nun aus dem Schlafzimmer, im Trikotschlafanzug.

MANN: Was hat s'n wollen, die Habergoaß?

FRAU: Du ordinärer Mensch. Schau, daß d' wieder ins Schlafzimmer kommst. Und tu dir deine Zähn' nei. So versteht dich ja kein Mensch.

Mann verschwindet wieder.

FRAU: So ein ordinärer Mensch!

FRL. PFANDERL: – der Herr Pfarrer, also, stellen S' Ihnen vor, den Herrn Kaufmann Waldhauser hat der Schlag 'troffen. Also den alten Herrn Kaufmann Waldhauser, net den jungen.

FRAU: Deswegen wecken S' uns am Gründonnerstag um halbe achte?

FRL. PFANDERL: Ja, der Herr Pfarrer –

FRAU: Wo wir eh nicht beim Waldhauser kaufen, sondern beim Pfenninger. Weil der Waldhauser –

FRL. PFANDERL: Ja, das kann schon sein –

FRAU: Sofern ich nicht überhaupt in der Stadt drin kauf'. Nie mehr hab' ich beim Waldhauser 'kauft.

FRL. PFANDERL: Ja, schon, nur –

FRAU: Wissen S', was mir der Waldhauser g'macht hat? 1943? Wissen S' das?

FRL. PFANDERL: Nein, nur –

FRAU: Da waren die Herren Kaufleute natürlich obenaus, er, mit sei'm Kramladen. Da war er natürlich obenaus, und der Kunde war nix. Ja, ja –

FRL. PFANDERL: Ja schon, nur –

FRAU: Meine Schwester und ich, also 1943, wie's die Bezugsscheine 'geben hat, da hammer Bezugsscheine 'kriegt, 1943, im Mai war's, für einen Meter Stoff. Und da hat meine Schwester g'sagt, die Fanny, ich weiß nicht, ob S' es kennen, Fuchsbichler schreibt sie sich, aber sie wohnt scho' seit 1950 in Solln drauß'd, sagt meine Schwester, Mari, sagt s' zu mir, da tun wir uns zusammen, respektive legen die beiden Bezugsscheine zusammen, und da kriegen wir zwei Meter Stoff, und da kann sich wenigstens eine von uns eine gescheite Bluse machen, weil aus einem Meter, was willst d' da machen –

FRL. PFANDERL: Ja, schon, aber der Herr Pfarrer –

FRAU: – und wissen S', Fräulein Pfanderl, was da die alte Waldhauserin g'macht hat? die g'storben ist inzwischen, also, Sie haben s' ja noch kennt – da hat – *geziertes Hochdeutsch* – da hat die Frau Waldhauser gesagt, sagt sie, nein, das geht nicht, das ist gegen die Vorschrift. Ich kann Ihnen leider nicht auf zwei Bezugsscheine zwei Meter auf ein Stück geben. Herrschaftszeiten, sag' ich, das is' doch Wurst, ob S' mir jetzt zwei mal ein'n Meter oder einmal zwei Meter – Nein, nein, hat sie geantwortet, das geht leider nicht – und hat d' Scher' g'nommen und schneid't den Stoff auseinand – mit einem Meter Stoff kannst d' doch gar nix anfangen –

FRL. PFANDERL: Der Herr Pfarrer –

FRAU: Nie mehr, nie mehr betrete ich Ihren Laden respektive Scheißbude, hab' ich ihr g'sagt, mein Lieber, da hab' ich ihr einige Unschönheiten hing'rotzt, so eine Schikane, wo der Führer, also respektive der Hitler, net wahr, g'sagt hat, wir müssen alle Schulter an Schulter zusammenstehen, wegen dem Endsieg etcetera – und was tut sie, die Waldhauserin? Schneid't den Stoff bei der Mitten voneinand', das Luder. Nie mehr, die ganzen Jahr', hab' ich auch nur einen Knopf nie mehr bei denen 'kauft. Auch nur einen Knopf! Bei denen net. Lieber fahr' ich eine halbe Stund' in die Stadt hinein, und wenn ich nur einen Knopf brauch'.

FRL. PFANDERL: Das ist ja dreißig Jahr' her –

FRAU: Und wenn ich hundert Jahr' alt werd' –

FRL. PFANDERL: Aber jetzt –

FRAU: Aber der Teifi hat s' g'holt. 1957. Und zur Beerdigung bin ich auch net 'gangen.

FRL. PFANDERL: Schon, das kann schon stimmen –

FRAU: Das kann nicht schon stimmen, das stimmt schon. Da können S' meine Schwester fragen –

FRL. PFANDERL: Also der Herr Pfarrer braucht um halbe neune, das heißt also, der alte Waldhauser, der war doch einer von die zwölfe, zur Fußwaschung!

FRAU: Was?

FRL. PFANDERL: Der alte Herr Waldhauser, der kann doch jetzt heut' nicht mehr zur Fußwaschung, wo ihn der Schlag 'troffen hat.

FRAU: Is' er tot?

FRL. PFANDERL: Nein. Aber ins Krankenhaus haben s' ihn. In der Nacht. Die andern elfe sind schon drüben. Und da hat der Herr Pfarrer g'sagt, heiliger Himmel, ich kann doch net bloß elfe die Füß' waschen, wie schaut denn das aus, das is' ja eine Schand' für die ganze Pfarrei, und ob Ihr Mann nicht, wo er doch schon vor zwei Jahr', damals, wie der Herr Hermannseder plötzlich g'storben ist – wo er doch damals als Ersatzapostel eing'sprungen ist –

FRAU: Ahso – ja – ja, das is' ja – *schreit nach hinten:* Max! Max, hast d' deine Zähn' drin? *Zu Fräulein Pfanderl:* Arg spät is'.

FRL. PFANDERL: Mir haben's auch nicht früher g'wußt. Also bittschön, ich muß jetzt wieder 'nüber. Der Herr Pfarrer verläßt sich drauf. Gell? Sie schicken ihn, gell? So schnell daß's geht. Pfüat Gott, nachher. Und dankschön.

Fräulein Pfanderl geht.

FRAU: Marandjosef. Max!

MANN *von hinten:* Leck mich doch am Arsch.

FRAU: Red net so ordinär. Am Gründonnerstag. Max, steh auf. Dreiviertel achte is'.

MANN *kommt wieder, tut sich die Zähne hinein:* Was hat s' denn wollen, die Henna?

FRAU: Das war die Pfarrschwester, keine Henn'. Muß ma' sich ja direkt genieren mit dir. So ein ordinärer Mensch. Habergoaß hast d' g'sagt – und im Pyjama –

MANN: Das hat s' net verstanden. Ich hab' ja die Zähn' noch nicht drin g'habt.

FRAU: Aber dein' Pyjama hat s' g'sehen. Ob du d' Zähn' drin g'habt hast oder net. Immer den alten Pyjama.

MANN: Der ist mir der liebste.

FRAU: Vier andere Pyjama hast –

MANN: Der is' mir der liebste.

FRAU: Daß's dir net graust.

MANN: Mir graust's net vor mir. Is' der Kaffee fertig?

FRAU: Heut gibt's kein' Kaffee!

MANN: Was?

FRAU: Du mußt sofort 'nüber zum Pfarrer. Den Waldhauser hat der Schlag 'troffen.

MANN: Was geht denn mich der Waldhauser an.

FRAU: Als Apostel mußt 'nüber. Zur Fußwaschung. Jetzt mach weiter.

MANN: Ich? Zur Fußwaschung?

FRAU: Du hast es doch vor zwei Jahr' auch g'macht. Und jetzt schau, daß d' weitermachst. Ich hol' dir den schwarzen Anzug raus.

MANN: Ich soll zur Fußwaschung?

FRAU: Ja, und zwar schnell.

MANN: Und warum gibt's kein' Kaffee?

FRAU: Erstens, weil keine Zeit nicht mehr ist, und zweitens, ich glaub', da muß man doch nüchtern sein. Bei der Fußwaschung, am Gründonnerstag.

MANN: Ich geh' nicht auf nüchternen Magen aus'm Haus.

FRAU: Das ist quasi wie Kommunion, die Fußwaschung.

MANN: Das ist ganz was anders. Das hat mit Kommunion nichts zu tun. Gar nichts.

FRAU: Das ist quasi wie Kommunion.

MANN: Nein.

FRAU: Doch. Das weißt du nur net, weil du nie zur Kommunion nicht gehst. Obwohl's dir nicht schaden tät'. Und 's letzte Mal beichten warst – das war – das war, das ist ja schon gar nimmer wahr, daß du beichten warst.

MANN: Ich brauch' net beichten.

FRAU: Daß ich net lach'.

MANN: Ich begeh' keine Sünden. Wüßt' net, was ich beichten soll.

FRAU: Da wüßt' ich schon ein paar Sachen. Mein Lieber –

MANN: Ich zahl' mei' Kirchensteuer, da brauch' ich net auch noch beichten.

FRAU: Die zahlst net, die ziehn s' dir ab. Wenn die s' nicht von der Rente abziehn täten, tät' der Pfarrer keinen Pfennig von deiner Kirchensteuer sehn.

MANN: Als christkatholischer Bayer zahl' ich meine Kirchensteuer.

FRAU: Weil s' es von vornherein abziehen.

MANN: Auch wenn s' es nicht abziehen täten –

FRAU: Das ist jetzt Wurst, schau, daß d' weitermachst. Ich hol' jetzt dein' schwarzen Anzug …

MANN: Das ist gar nicht Wurst. Ich lass' mir nicht nachsagen, daß ich meine Kirchensteuer –

FRAU: Und der Beni, dein Freund? Der Beni?

MANN: Was soll mit'm Beni sein?

FRAU: Der aus der Kirch' aus'treten ist? Weil s' ihm soviel Kirchensteuer ab'zogen haben, sogar von seine Überstunden?

MANN: Ja, schon. Aber trotzdem.

FRAU: Was heißt trotzdem?

MANN: Der Beni – also der Beni hat g'sagt: Hundertdreiundachtzig Mark Kirchensteuer im Monat, hat er g'sagt, das sind, hat er ausg'rechnet, das sind achtzig halbe Bier im Monat und achtzig doppelte Obstler. Und die, sagt er, trinkt er aufs Wohl vom Herrn Pfarrer. Das ist quasi auch Kirchensteuer, vielleicht eine bessere. Weil er das nämlich peinlich genau hält. Resi, sagt er immer, Resi, bring mir noch eine Kirchensteuer. Dann steht er auf – da ist er ganz streng, rechnet's genau aus, hat quasi eine Buchführung respektive macht Stricherl. Lieber eine z'viel als eine z'wenig, sagt er oft am End' vom Monat, ich will mich net lumpen lassen – steht auf und sagt: Zum Wohl, Hochwürden ... und nicht bloß der Stadtpfarrer, na, na, auch der Herr Kardinal und die Herren Weihbischöfe, alle, alle, jeder kriegt sein' Anteil. Das ist dem Beni seine Kirchensteuer.

FRAU: Das ist ja direkt eine Gotteslästerung.

MANN: Ist es nicht.

FRAU: Jetzt gehst dich anziehen, inzwischen mach' ich den Kaffee – ahso – halt – du darfst ja nix essen –

MANN: Dann geh' ich net.

FRAU: Ja – ich weiß auch nicht. Ob man nicht da doch nüchtern sein soll, als Apostel. Wenn wir ein Telephon hätten, könnt' ich 'nübertelephonieren zum Herrn Stadtpfarrer und fragen. Aber du willst ja kein Telephon. Vor lauter Geiz.

MANN: Nicht vor lauter Geiz. Vor lauter Vorsicht.

FRAU: Als ob ein Telephon gefährlich wär'.

MANN: Und ob! Den Beni haben s' neulich ang'rufen, daß sein Cousin g'storben ist. Zum Beispiel.

FRAU: Der wär' auch ohne Telephon g'storben.

MANN: Aber der Beni hätt's nicht g'wußt.

FRAU: Irgendwann hätt' er's erfahren.

MANN: Eben. Irgendwann. Aber so hat er's sofort erfahren. Er erschrickt immer fürchterlich, wenn 's Telephon läut'. Höchstens – also: bestenfalls hat einer den falschen Anschluß g'wählt. Aber das kommt nur selten vor. Nie, sagt der Beni, ist es was G'scheit's, wenn 's Telephon läutet. Nie. Immer rufen Leut' an mit Schreckensnachrichten, mit Katastrophennachrichten ... mit ... mit Seuchen, Krankheiten, Todesfällen. Oder daß's brennt.

FRAU: Ich wüßt' gar nicht, wer uns so oft anrufen sollt' –

MANN: Eben. Dann brauchen wir kein Telephon.

FRAU: Aber ich könnt' jetzt den Herrn Stadtpfarrer anrufen und fragen, ob du nüchtern sein mußt zur Fußwaschung –

MANN: So ein Schmarrn. Hat der Pfarrer vielleicht ein Telephon am Altar? Lächerlich. Wie schaut denn das aus. Ein Telephon am Altar. *Macht den Pfarrer nach:* Dignum et justum est ... grrrr ... *hebt einen imaginären Hörer ab* ... jawohl, bitte? ... Das wär' ja unmöglich.

FRAU: Aber in der Sakristei hat er ein Telephon.

MANN: Kurzum, ich geh' nicht ohne Kaffee aus'm Haus.

Der Mann geht zurück ins Schlafzimmer. Die Tür bleibt offen. Die Frau beginnt den Frühstückstisch zu decken und schaut immer wieder mißtrauisch durch die offene Tür ins Schlafzimmer.

FRAU: Aber du ziehst doch eine frische Unterhosen an?

MANN: Wieso? Wascht mir der Pfarrer den Hintern?

FRAU: Ordinärer Mensch. Am Gründonnerstag ziehst du doch g'fälligst eine frische Unterhosen an. Wo's doch quasi ein Feiertag ist.

MANN: Jetzt hab' ich die alte schon an. Wo ist der Anzug?

FRAU: Du ziehst eine frische Unterhosen an. Und überhaupt, du kannst doch zur Fußwaschung keine solche Unterhosen anziehen –

Der Mann kommt in einer langen Unterhose wieder heraus.

MANN: Warum nicht?

FRAU: Weil du doch die Hosen aufkrempeln mußt. Da schaut doch dann die lange Unterhosen 'raus. Und so ... naa ... grausen könnt's ein'm ... du ziehst sofort eine frische Unterhosen an.

MANN: Drüber?

FRAU: Nein, statt der. Und zwar eine kurze.

Sie gehen gemeinsam ins Schlafzimmer. Der Dialog ist von dort zu hören.

MANN: Wo's die ganze Nacht g'schneit hat?

FRAU: Der ist schon fast wieder weg'taut, der Schnee. Und das kurze Stückl.

MANN: Hoffentlich ist das Wasser wenigstens warm, mit dem er ein'm die Füß' wascht ...

FRAU: So, und da ist dein Anzug.

MANN: ... sonst kann er mir gleich die Letzte Ölung auch geben.

FRAU: Mei, was ist denn das? – da ist ja ein Mordsfleck drauf! Ja, Marandjosef –

Die Frau kommt mit der Anzugjacke herausgelaufen.

MANN: Das ist doch Wurst.

FRAU: Mitten am Revers! Das ist nicht Wurst. Wie kommt denn da ein Fleck hinein?

MANN: Woher soll ich das wissen?

Der Mann kommt heraus, in Hemd und Hose, Schuhe in der Hand.

FRAU: Wer soll's denn sonst wissen? *Sie reibt am Fleck, spritzt Wasser drauf usw.* Den kann ja wohl niemand anderer ang'habt haben wie du. Was das bloß für ein Fleck ist? Wann hast denn den Anzug 's letzte Mal ang'habt?

MANN *setzt sich hin und fängt an Kaffee zu trinken:* Irgendwann.

FRAU: Irgendwann selbstverständlich. Der Fleck geht ja überhaupt nicht mehr 'raus. Bei der Beerdigung vom Weißbecker, vom Hausherrn, hast'n ang'habt.

MANN: Kann schon sein.

FRAU: Wann ist denn der g'storben?

MANN: Weiß ich nimmer.

FRAU: Ich glaub', im Oktober.

MANN: Möglich.

FRAU: Das ist ein Fettfleck. Von einer Soß' oder was.

MANN: Unmöglich.

FRAU: Freilich ist's ein Fettfleck.

MANN: Aber der kann unmöglich von der Beerdigung vom Weißbecker sein. Weil wir da nämlich nicht zum Leichenschmaus eing'laden waren. Die Notniggel. *Macht die Witwe Weißbecker nach:* Verstehen Sie, nur die engsten Freunde und Verwandten ... aus Geiz –

FRAU: Du brauchst reden.

MANN: Obwohl wir seit 1937 in der Wohnung wohnen.

FRAU: Einladen hätten s' uns schon können.

MANN: Der Fettfleck muß schon drauf g'wesen sein vor der Beerdigung vom Weißbecker.

FRAU: Dann bist du mit so einem fleckigen Anzug auf die Beerdigung vom Hausherrn –

MANN *dreht sich mit dem Gesicht zu ihr:* Ja. Ja, und das g'freut mich heut' noch. Recht g'schieht ihm. Wo wir nicht einmal zum Leichenschmaus eing'laden waren.

FRAU *schaut den Anzug an:* Ein biss'l besser is'.

Der Mann ist mit dem Kaffeetrinken fertig. Die Frau gibt ihm die Jacke, er zieht sie an und fängt dann an, die Schuhe anzuziehen.

FRAU: Was ziehst denn du für Schuh' an? Braune Schuh'?

Du kannst doch keine braunen Schuh' zum schwarzen Anzug anziehen – und, überhaupt, hast du dir die Füß' g'waschen?

MANN: Aber ich brauch' mir doch vor der Fußwaschung nicht die Füß' waschen? Da werden s' ja zweimal g'waschen?

FRAU: Du gehst dir jetzt sofort die Füß' waschen, und dann geb' ich dir ein Paar neue Socken –

Der Mann zieht ächzend die Schuhe und Strümpfe wieder aus. Die Frau bringt eine Zinkwanne mit Wasser.

FRAU: Mit Seife.

Der Mann wäscht sich mißmutig die Füße.

MANN *hält inne, denkt scharf nach:* Bei der Fahnenweihe.

FRAU: Was?

MANN: Hab' ich vor der Beerdigung vom Weißbecker den Anzug zum letzten Mal ang'habt.

FRAU: Ja, das glaub' ich, daß da ein Fleck drauf'kommen ist. Leicht. Das wundert mich, daß da nicht mehr Flecken drauf sind. Da wart ihr ja alle miteinander stockb'soffen.

MANN: Nicht alle.

FRAU: Aber du.

MANN: Ich grad nicht. Weil nämlich ich zu die drei g'hört hab', wo den Franz heim'tragen haben.

FRAU: Ja. Auf alle viere.

MANN: Auf alle viere kannst d' keinen anderen heimtragen. Das ist ja – das ist ja ausgeschlossen ... das ist ja unlogisch. Höchstens, daß der Franz quasi am Buckl g'ritten wär' –

FRAU: Bei euch halt' ich das alles für möglich.

MANN: Schmarrn.

Es läutet.

MANN: Was ist denn das wieder.

Die Frau macht auf. Fräulein Pfanderl ist wieder da.

MANN: Ich komm' schon –

FRL. PFANDERL: Nein. Der Herr Pfarrer läßt ausrichten, nix für ungut, und dankschön für'n guten Willen. Aber es war doch kein Schlaganfall vom alten Herrn Waldhauser, nur eine kleine Übelkeit –

MANN: Ah –

FRL. PFANDERL: Ja. Er ist schon wieder entlassen aus'm Krankenhaus.

MANN: Ahso –

FRL. PFANDERL: Ja. Dankschön. Und nix für ungut.

Fräulein Pfanderl verabschiedet sich schnell und geht.

MANN: Und ich wasch' mir d'Füß'. Am Gründonnerstag. Wo ich am Ostersonntag ohnehin baden hab' wollen.

Die Bewerbung

PERSONEN: Die Bewerberin, der Chef

Ein schäbiges Büro. Der Chef montiert an einem Diaprojektor, sortiert Dias. Es klopft.

CHEF: Herein.

Bewerberin kommt, bleibt stehen.

CHEF: Ja? – und?

BEWERBERIN: Spreche ich mit dem Herrn Chef, beziehungsweise habe ich die Ehre mit demselben?

CHEF: Ja. Logisch. Sehn S' doch.

BEWERBERIN: Ja. Weil ich mich bewerben will.

CHEF: So. Ja. Sehr schlecht. Sieht sehr schlecht aus.

BEWERBERIN: Wirklich?

CHEF: Ja, ja. Wir sind ziemlich überlaufen. Als was wollen S' sich denn bewerben? Als Putzfrau?

BEWERBERIN: Nein – nicht als Putzfrau.

CHEF: So. Als Putzfrau wäre noch eher eine Chance gewesen. Eine Putzfrau suchen wir schon länger. Aber sonst sind wir ziemlich komplett.

BEWERBERIN: Als Putzfrau. Wissen Sie: nicht daß ich die Arbeit scheuen tät'; aber als Putzfrau, denke ich mir, kann ich ja immer noch gehen, wenn ich einmal in die Jahre komme. Aber solang noch was dran ist an mir … mein' ich …

CHEF: Ja, ja, verstehe. Die Putzfrau kriegt auch nur vierzehn Mark die Stund'.

BEWERBERIN: Und die ...

CHEF: Hundert.

BEWERBERIN: Hundert?!

CHEF: Ja. Darum sind wir ja auch so überlaufen. Hundert Mark die Stund'. Fürs Nixtun. Und eine saubere hygienische Arbeit – kein Staub – kein Dreck – brauchen nichts anzufassen – keine Arbeitskleidung. Die hundert Mark bleiben rein netto. Kein Wunder, daß wir da überlaufen sind.

BEWERBERIN: Überlaufen? Und ich hätt' mir gedacht, Sie suchen Damen wie Stecknadeln.

Chef lacht kurz auf.

BEWERBERIN: Weil, das ist doch – quasi nicht jedermanns Sache.

CHEF: Ja, ja. Meint man. Aber nichts da. Der Andrang ist ungeheuerlich. Jeden Tag muß ich vier, fünfe wegschicken. Manchmal sind das – die sich da förmlich drängeln – Damen aus den besten Kreisen! Neulich war eine Postoberinspektorin dabei – hab' ich aber nicht genommen. Ich will keinen Ärger mit der Post. Wahrscheinlich sind das die geheimen Lüste, die in den Weibern kochen.

BEWERBERIN: Ja, das hab' ich mir nicht so vorgestellt.

CHEF: Ist aber so.

BEWERBERIN: Weil meine Freundin, mit der wo ich immer in die Sauna gehe, die hat g'meint – hat mir empfohlen –, die hat g'meint, daß an mir schon was dran wär' – optisch gesehen, hat s' g'meint.

CHEF: Ja, kann schon sein.

BEWERBERIN *eifrig:* Woll'n Sie's sehen?

CHEF *angewidert:* Nein, nein, hören S' auf.

BEWERBERIN: Nur daß Sie's sehen, hab' ich g'meint.

CHEF: Haben Sie Erfahrung?

BEWERBERIN: Wie bitte? *Verschämt:* Im gewissen Sinn schon. Jungfrau bin ich keine mehr.

CHEF: Ich meine: ob Sie schon einmal irgendwo aufgetreten sind?

BEWERBERIN: Aufgetreten? Ja. Ja. Im Krippenspiel bei der Kolpingsfamilie. Viermal. Alle Vorstellungen waren ausverkauft. Ich hab' nämlich immer einen von den Heiligen Drei Königen gespielt. Weil wir da immer mehr Damen wie Herren waren. Respektive waren es eigentlich nur vier Herren, alles andere waren Damen. Und der eine von den Herren, der Eigentner Max, hat immer den Josef spielen müssen, logisch, weil eine Dame kann doch wirklich nicht den Josef spielen. Und der andere, der Dirscherl Kurt, der hat immer den Herodes gespielt. Der Krautmeier Helmut hat auch einen von den Heiligen Drei Königen gespielt – und dann war eh' nur noch der Oberpoitner Erwin –, aber der hat sich ja keinen Text nicht auswendig g'merkt, das war ja das Problem. Der war nur für den Esel zu verwenden. I-A, das war alles, was er sich hat merken können – I-A, das hat er grad noch g'lernt. Alles andere haben wir Damen geben müssen.

CHEF: Ich meine: nackt!

BEWERBERIN: Wie bitte?

CHEF: Ich meine: ob Sie nackt aufgetreten sind?

BEWERBERIN: Als Heiliger Drei König?

CHEF: Ob Sie Erfahrung haben – im Auftreten – in unbekleidetem Zustand?

BEWERBERIN: Ach so – Sie meinen – außerhalb des Krippenspiels?

CHEF: Richtig.

BEWERBERIN: Also gewissermaßen schon, aber mehr im privaten Rahmen.

CHEF: Ach so. Wo?

BEWERBERIN: Also in Giesing, wo mein erster Verlobter, und in Haidhausen, wo mein zweiter Verlobter ... wollen S' denn da die genaue Adresse wissen?

CHEF: In welchem Etablissement Sie aufgetreten sind?

BEWERBERIN: Ja – Etablissement war das weniger – das war mehr, wenn mein Verlobter gut eingeheizt hat, oder im Sommer, wenn's sowieso warm war.

CHEF: Ich meine jetzt nicht Ihre Intimbeziehungen, ich meine: ob Sie auch im größeren Kreis – vor Zuschauern –

BEWERBERIN: Ach so – ja – nein. Doch. Bei meinem dritten Verlobten, der am Hasenbergl gewohnt hat, da hat immer einer vom fünften Stock mit dem Fernglas herübergelurt – ein gewisser Ganser Anton. Den Namen haben wir natürlich erst bei der Verhandlung erfahren, aber der hat immer herübergelurt, da sind wir ihm aber draufgekommen, mein Verlobter und ich.

CHEF: Sie sind also noch nirgends aufgetreten und können keine Referenzen vorlegen.

BEWERBERIN: Das glaube ich kaum, daß mir der Ganser Anton eine Referenz geben wird, wo ihn mein Verlobter so g'schlagen hat, aber schon so. In der Verhandlung gegen meinen Verlobten, da hat er noch mit zwei Krücken kommen müssen und den Schädel bandagiert – bloß da war mein Verlobter schon nicht mehr mein Verlobter, denn mit so einem gewalttätigen Menschen will ich nichts zu tun haben. Ich glaube nicht, daß mir der Ganser Anton eine Referenz geben wird.

CHEF: So kommen wir nicht weiter. Ihr Verlobter interessiert mich überhaupt nicht, und wenn Sie keine Referenzen –

BEWERBERIN: Ausgenommen meine Freundin, die wo mit

mir immer in die Sauna geht, die, die wo g'meint hat, daß an mir schon was dran wär', optisch gesehen – *knöpft sich die Bluse auf.*

CHEF *angewidert:* Lassen Sie Ihr Kleid an.

BEWERBERIN: O ich verstehe, Sie interessieren sich quasi nicht für Damen.

CHEF: Wie meinen S'? Nein, nein, homosexuell bin ich nicht. Obwohl man es da herin werden könnte. Den ganzen Tag unter nackte Weiber. Wo man hinschaut: nackte Weiber. Glauben Sie, daß einem das bis zum Halse steht. Wo Sie eine Tür aufmachen: ein Busen, wo Sie hinlangen: ein Hintern. Wenn nicht Schlimmeres. Zum Abgewöhnen. Ich bin schon dankbar, wenn eine wenigstens ein Höschen anhat. *Er findet wieder ein Dia, das ihn besonders entzückt.* Oh, großartig, da ist sie ja, die S 3 6.

BEWERBERIN: Sex?

CHEF: Das sagt Ihnen nichts?

BEWERBERIN: Doch, schon.

CHEF *nimmt wieder ein anderes Dia, noch verzückter:* Oh, herrlich – das war halt noch was. Die 1 Cn2 –

BEWERBERIN: Was haben S' denn da, wenn ich fragen darf? Bewerbungsunterlagen von andere Damen?

CHEF: Die 1 Cn2, die gute Alte.

BEWERBERIN: Ach, Sie nehmen auch Ältere?

CHEF *geistesabwesend:* Ältere? Na ja, so alt ist sie auch wieder nicht. 1925 ist sie noch stramm gelaufen.

BEWERBERIN: 1925?

CHEF: Nahverkehr.

BEWERBERIN: Ach so.

CHEF: 57 Tonnen – *schaut durchs Dia.*

BEWERBERIN: Nein – nein. 57 Kilo meinen S', denn ich hab' nämlich 56, aber davon entfallen mindestens viere auf meinen Busen – *neckisch* – das hat mein dritter Verlobter immer gesagt. Woll'n S'n sehn?

CHEF: Also wenn Sie unbedingt meinen, dann zeigen S' mir halt Ihre Beine.

Bewerberin hebt den Rock und streckt die Beine in die Höhe.

CHEF: Na ja.

BEWERBERIN: Mein zweiter Verlobter, der hat zu meine' Füß' immer g'sagt ...

CHEF: Ja, ja, ganz gut.

BEWERBERIN: Den Busen wollen S' nicht sehen?

CHEF: Wenn ich Ihnen sag', daß ich keine Busen mehr sehen kann.

BEWERBERIN: Dann machen S' halt die Augen zu. *Macht eine Bewegung: drüberstreichen.*

CHEF: Nein – nein –

BEWERBERIN: Aber vielleicht wollen S' doch den Gesamteindruck sehen – mir macht es nichts aus. Ich hab' mich ja seelisch darauf vorbereitet. Normalerweise mache ich das nicht – aber heutzutage ist das ja nicht mehr so. Und dann hab' ich mich ja auch seelisch darauf vorbereitet. Ich habe mir einen inneren Ruck gegeben – heutzutage ist das ja nicht mehr so. Und wenn man einmal in Ibiza auf Urlaub war, hab' ich mir gesagt, wie ich mir den inneren Ruck gegeben hab' – dann ist das ja eigentlich kein Unterschied. Und wenn s' sogar nackert am Flaucher an der Isar herumliegen, hab' ich mir gesagt – obwohl es mich schon eine Überwindung gekostet hat. Aber man muß eben den inneren Schweinehund überwinden. *Während des ganzen letzten Dialogs hat sich die Bewerberin ausgezogen.* Einwandfrei hat mein zweiter Verlobter immer gesagt.

Chef ist uninteressiert, sortiert weiter seine Dias.

BEWERBERIN: Wenn ich gewußt hätte, daß Sie lieber Bilder anschauen, dann hätte ich ein paar von Ibiza mitgebracht. Die sind zwar ein bißchen gelbstichig, aber in Natur wirkt mein Körper viel lebensechter.

CHEF *versonnen:* Die 7177! Ein Mehrzweckmodell. Mit Schlepptender.

BEWERBERIN: Mit was?

CHEF: Im Photographieranstrich. Das ist eine Seltenheit. Den hat sie nur zwei Stunden drangehabt. Dann ist sie schwarz gestrichen worden.

BEWERBERIN: Schwarz angestrichen?

CHEF: Logisch, wie alle!

BEWERBERIN: Die werden alle schwarz angestrichen?

CHEF: Nur die bayrischen nicht. Die waren grün.

BEWERBERIN: Grün?

CHEF: Das Fahrgestell rot, wie bei der späteren Reichsbahn.

BEWERBERIN *lacht:* Ach so ... Sie haben einen bei der Bahn, der die Damen anstreicht. Also ehrlich gesagt, so hab' ich mir das nicht vorgestellt.

CHEF: Die meisten stellen sich das anders vor. Wissen Sie überhaupt, was man da bei uns so ... was da so gefordert wird von den Damen?

BEWERBERIN: Ja, ja, ich denk' halt: so wie mein jetziger Verlobter ...

CHEF: Wir sind eine Peepschau – oder Peep-Show. Eine halbe Stunde ist die Schicht pro Dame. Und die Herren, also die Kunden, die wollen alles sehen, wenn Sie verstehen, was ich meine. Alles.

BEWERBERIN: Ja – so. Alles. Mehr wie ich hab', können s' doch nicht sehen wollen – oder?

CHEF: Also gut. Lassen S' den Busen sehen. Einen. Einer genügt.

Bewerberin zieht sich noch weiter aus. Oder sie hat sich wieder angezogen, und fängt wieder neu an sich auszuziehen.

CHEF: Wenn Sie wüßten, wie mir die Busen zum Hals heraushängen. Ein Familienleben also in dem Sinn, sozusagen – ein Familienleben habe ich überhaupt nicht mehr. Kann ich Ihnen sagen. Wenn man den ganzen Tag nichts sieht als nackerte Weiber ... ich sag' zu meiner Frau immer ... na ja, gehört nicht hierher. Aber ein normales Familienleben ist das nicht. Sagen Sie mal: Wie haben Sie gesagt, wie der geheißen hat, der den Josef gespielt hat?

BEWERBERIN: Welchen Josef?

CHEF: In Ihrer Theatergruppe?

BEWERBERIN: Oh – den Josef. Der Eigentner Max.

CHEF: Eigentner Max? Dem seine Mutter den Bandwurm gehabt hat?

BEWERBERIN: Ja, dem seine Mutter den Bandwurm gehabt hat. Den kennen Sie?

CHEF: Logisch. Den hat s' doch in Spiritus auf dem Nachtkastl stehen gehabt. Den Bandwurm meine ich, nachdem er endlich abgegangen ist. Normalerweise hat sie den niemand gezeigt, logisch. Aber der Max, der Eigentner Max, hat mir einmal, das war am Pfingstsonntag, da sind die alten Eigentner in den Fasanenpark hinaus – das war – da waren wir, da waren wir, der Eigentner Max und ich ... so zehn, elf Jahre alt – *plötzlich* – wie alt sind denn Sie?

BEWERBERIN *schnell:* Auch so alt ungefähr –

CHEF *wieder in Erinnerung versunken:* Der Eigentner Max, der Bazi. Mei – und der alte Oberlehrer Bürzel mit dem Spitzbart.

BEWERBERIN: Den haben Sie auch gekannt?

CHEF: Ja logisch. Vor allem den sein Tatzensteckerl. *Lacht.* Und der Eigentner Max. Mei', und seine Mutter hat einen Bandwurm gehabt. Keiner sonst in der Klasse hat eine Mutter gehabt, die wo einen Bandwurm gehabt hat. Der Haushammer Beni, dem sein Vater war Blockwart. Ja – *lacht* – aber der Eigentner Max hat immer g'sagt: Du mit deinem Vater: Blockwart. Was das schon ist. Meine Mutter hat einen Bandwurm. Da hat der Oberlehrer Bürzel gesagt: Ruhe, einen Blockwart kann man nicht mit einem Bandwurm vergleichen. Ja, ja, die Jugend –

BEWERBERIN: – die kommt nicht mehr.

CHEF: Nein, da haben S' recht. Die Jugend kommt nicht mehr. Einmal im Leben ist man jung, und dann ist's aus. Der Eigentner Max. Vierzehn Schusser hab' ich ihm geben müssen, damit er mir den Bandwurm von seiner Mutter zeigt. In Spiritus. An einem Pfingstsonntag, wo seine Eltern in den Fasanengarten hinausgefahren sind. Vierzehn Schusser. Ich weiß es noch wie heut'. Das war ein Vermögen quasi, für uns Kinder damals. Vierzehn Schusser. Aber im Grunde genommen: es war nicht überbezahlt, denn – sagen Sie selbst: Wann hätte ich sonst je in meinem Leben einen Bandwurm gesehen?

BEWERBERIN: Wahrscheinlich nie.

CHEF: Den Hitler hab' ich gesehen – auf der Prinzregentenbrücke im Auto – So. *Er ahmt Hitler nach, wie er aus dem Auto grüßt.* Und letztes Jahr den Papst. Aber einen Bandwurm – *er schüttelt den Kopf* – ist natürlich kein schöner Anblick, so ein Bandwurm, aber: Man muß für alles aufgeschlossen sein im Leben. Das ist meine Meinung. *Wieder versonnen:* Der Eigentner Max ... Ja. Bandwürmer gibt's heutzutage überhaupt keine mehr. Die sind wahrscheinlich ausgestorben.

BEWERBERIN: Ich hab' ja gehört, daß sie eher wieder im Kommen sind.

CHEF: So? – Na ja. Das hängt wahrscheinlich mit der Nostalgie zusammen. *Wendet sich wieder seinen Dias zu.* Das waren bis jetzt die Dampfgetriebenen. Jetzt kommen die Elektrischen. *Er zeigt das Dia. Eine Lokomotive.* Eine Holländische 30'30 – Baureihe 1600. Erkennt man sofort, weil s' gelb ist.

BEWERBERIN: Das ist ja eine Lokomotive!

CHEF: Was haben denn Sie gemeint?

BEWERBERIN: Ja – was Erotisches.

CHEF: Es gibt nichts Erotischeres als eine Lokomotive. Da, jetzt werden Sie staunen, kennen Sie die?

BEWERBERIN: Ja, ja, eine Dampflok halt, eine elektrische.

CHEF: Eine Dampflok halt, eine elektrische! Sonst sagt Ihnen das nichts?

BEWERBERIN: Ehrlich gesagt: nein.

CHEF: Das ist eine C e6/8, genannt das Krokodil. Für den Güterzugbetrieb auf der Gotthardbahn gebaut. Da hat es überhaupt nur 33 Stück gegeben. Von 1919 bis 22 sind die gebaut worden. Die letzte ist erst am 31. August 1969 außer Dienst gestellt worden. Dienstgewicht 128 Tonnen. Länge über Puffer 19 460 mm. Achsenfolge 1' C/C' 1. Maximale Anfahrzugkraft 26 000 kg. Die Gotthardsteigung von 26 ‰ wurde mit 450 Tonnen Anhängerlast bei 30 km/h bewältigt. Dieses Bild ist eine Rarität. Wenn Sie genau hinschauen: Das ist noch vor der 1947 erfolgten Umrüstung auf Hülsenpuffer. Und das sagt Ihnen nichts?

BEWERBERIN: Doch – doch –

CHEF: Doch – doch – und da meinen Sie, daß Sie mit Ihrem Busen dagegen ankommen können?

BEWERBERIN: Aber ein Busen ist doch ganz was anderes.

CHEF: Sagen Sie mal: Wenn Sie den Eigentner Max kennen, dann müßten Sie ja mich auch kennen?

BEWERBERIN: Sie sind mir auch schon die ganze Zeit so bekannt vorkommen.

CHEF: Ich bin der Siegfried Strelow.

BEWERBERIN: Der Strelow Sigi, von der Kohlenhandlung von Nummer 18?

CHEF: Ja.

BEWERBERIN: Ich bin die Griesinger Kunigunde.

CHEF: Ja – nein – Sie – du.

BEWERBERIN: Und dein Vater hat immer g'sagt, daß du studiert hast! *Lacht laut und klopft ihm auf die Schulter.*

CHEF: So – so, die Griesinger Kunigund'. Da sind Sie aber ziemlich tief gesunken ... daß Sie sich für eine Peep-Show bewerben. Was sagen denn da Ihre Herren Eltern dazu, wenn s' noch leben. Der Herr Oberaktuar Griesinger – von der Marianischen Kongregation?

BEWERBERIN: Mein Vater ist ja schon gestorben – letztes Jahr.

CHEF: Und die Sünde fürchten S' nicht? Daß Ihr Vater, der Herr Oberaktuar Griesinger, vom Himmel vielleicht herunterschaut?

BEWERBERIN: Vom Himmel – herunterschaut? – in die Peep-Show? *Chef schiebt das nächste Dia in den Projektor. Bewerberin steht unglücklich in ihrer Nacktheit da, hält ihr Hemd vor sich, kleinlaut:* Und wenn ich doch als Putzfrau –?

CHEF *ohne sie nochmals anzuschauen:* Ich kann keine Schnalle als Putzfrau brauchen.

Seelenwanderung

PERSONEN: Der Wirt, der Gast, der Fremde, die Kellnerin

Gaststube. Der Wirt und der Gast sitzen an einem Tisch und trinken Bier. Der Fremde sitzt allein an einem weiter entfernten Tisch, ißt ein Naturschnitzel mit Semmelknödel und liest dabei Zeitung. Weitere Gäste sind nicht im Lokal. Die Kellnerin steht hinter der Theke und spült Gläser.

GAST: Seit es den Sozalismus *(Anm.: Er sagt wirklich Sozalismus, nicht Sozialismus.)* praktisch nicht mehr gibt –

WIRT: Ist nicht schad' drum.

GAST: Na ja. So kannst du das auch nicht sagen.

WIRT: Ist nicht schad' drum. Vom gastronomischen Standpunkt aus. Weil ja sonst die Bedienungen immer noch weniger arbeiten wollen.

GAST: Also das ist ein anderes Problem. Ich meine: Seit der Sozalismus praktisch untergegangen ist, wird die Gefahr eher größer.

WIRT: Was für eine Gefahr?

GAST: Die Weltgefahr. Du kennst doch den Maushuber.

WIRT: Klaro.

GAST: Der arbeitet bei MBB. Rüstung.

WIRT: Gisela –

KELLNERIN: Ja?

WIRT: Bringen S' mir einen Sechsämter.

Die Kellnerin schenkt einen Sechsämter ein und bringt ihn dem Wirt nach vorn.

KELLNERIN *geschäftsmäßig:* Sehr zum Wohl.

GAST: Ich habe den Maushuber, wo in der Rüstung arbeitet, respektive Rüstungssektor, gefragt –

WIRT *nachdem er kurz an seinem Sechsämter genippt hat:* Einen Moment, ich muß schauen gehen, ob deine Suppe nicht schon fertig ist.

Der Wirt geht nach hinten. Der Gast gähnt, trinkt von seinem Bier, streckt sich – wenige Augenblicke Alleinsein genügen, daß er sich langweilt. Er schaut um sich, sucht etwas.

GAST: Gisela – wo ist denn die Zeitung?

KELLNERIN: Die hat der Herr da.

Der Fremde hat nicht bemerkt, daß von ihm geredet wird, ißt ruhig sein Naturschnitzel und liest weiter in der Zeitung. Der Gast faßt den Fremden schärfer ins Auge.

GAST: Gisela!

KELLNERIN *ist inzwischen wieder hinter der Theke:* Ja?

GAST: Ah … Gisela – kommen S' einmal her.

Die Kellnerin kommt nach vorn zum Gast.

GAST *leise:* Wer ist denn der Herr da?

KELLNERIN: Weiß nicht.

GAST: Der kommt mir aber irgendwie bekannt vor.

KELLNERIN: Mir nicht.

Sie geht zurück hinter die Theke.

Der Wirt kommt wieder herein.

WIRT *im Vorbeigehen zur Kellnerin:* Sie können nachher die Suppe servieren.

Der Wirt setzt sich wieder zum Gast. Später serviert die Kellnerin.

GAST: Habe den Maushuber gefragt: Sag einmal, habe ich gefragt, du arbeitest doch auf dem Rüstungssektor, und jetzt, wo der Sozalismus praktisch erledigt ist –

WIRT: M i r geht er nicht ab.

GAST: Ja, schon, aber ich mein jetzt was anders: wo der Rüstungssektor quasi untergegangen – *korrigiert sich* – Schmarrn, ich meine natürlich: wo der Sozalismus quasi untergegangen ist und die Abrüstung vorgenommen wird, geht's auch da bei MBB zum Beispiel, rüstungsmäßig beziehungsweise umsatzentsprechend, nicht naß hinein?

WIRT: Prost. *Trinkt seinen Sechsämter aus.* Gisela! Bringen S' mir noch einen Sechsämter.

Der Gast ißt inzwischen seine Suppe. Die Kellnerin bringt dem Wirt einen Sechsämter.

KELLNERIN: Sehr zum Wohl.

GAST *schaut angewidert den Sechsämter an:* Daß du das magst.

WIRT: Warum?

GAST: Also ich tät' das nicht trinken.

WIRT: Er wird sehr gern getrunken, in letzter Zeit.

GAST: Weißt du, aus was der gemacht wird?

WIRT: Jaa – nein – ich denk' –

GAST: Das kannst du dir nicht denken, aus was das gemacht wird.

WIRT: Ein altes Rezept, steht auf der Flaschen; wahrscheinlich ein Geheimrezept.

GAST: Das wird auch gut sein, daß sie das Rezept geheimhalten. Kennst du den alten Pausbertl?

WIRT: Den alten Pausbertl? Der früher rothaaret war? Der ist doch im Altersheim?

GAST: Altersheim sagt man heut' nicht mehr. Du sagst ja auch nicht mehr Putzfrau, sondern Raumpflegerin.

WIRT: Ich sag' Putzfrau.

GAST: Weil du kein feiner Mensch bist. Es heißt auch nicht mehr »Lehrling«, sondern »Auszubildender«.

Man sagt heutzutage nicht mehr, was man meint. Seniorenheim nennt man das heute. Nicht Altersheim.

WIRT: Der rothaarete Pausbertl und im Seniorenheim. Wo der sich ein Leben lang nicht die Füß g'waschen hat. Ein Senior! Der alte Depp. Aus'grechnet der Pausbertl. Wo sich sein Leben lang keine Füß nicht g'waschen hat. Und wie's ihm im »Seniorenheim« baden haben wollen, hat mir der Pfarrer erzählt, hat er sich mit Händ' und Füß' g'wehrt und hat g'schrien, sie brauchen ihn nicht mehr baden. Er ist schon achtundsiebzig; es rentiert sich nicht mehr.

GAST: Das ist der Vertrauensmann.

WIRT: Der Vertrauensmann von was?

GAST: Der Vertrauensmann von die Sechsämter im Seniorenheim.

WIRT: Der Pausbertl?

GAST: Die haben in jedem Seniorenheim einen Vertrauensmann. Dem unterstehen die Stockwerksvertreter. Die sammeln Regenwürm.

WIRT: Regenwürm?

GAST: Und trocknen s'. Ein Regenwurm ist naturgemäß relativ langsam, und den derwischt daher selbst ein Senior noch beziehungsweise Seniorin –

WIRT: Regenwürm?

GAST: – sofern sie sich noch bücken können, logisch, das ist die Voraussetzung.

WIRT: Und trocknen die Regenwürm?

GAST: Daraus wird der Sechsämter gemacht.

WIRT: Das glaub' ich nicht.

GAST: Wenn's mir der Pausbertl selber verzählt hat. Die Stockwerksvertreter sammeln s' etagenweis' ein, und beim Vertrauensmann, welcher, wie gesagt, der Pausbertl ist, liefern s' es ab, bei dem es die Firma abholt, und zahlt aus, welches der Pausbertl weiterleitet – kriegt eine Provision, und die Senioren verdienen sich eine Kleinigkeit dazu. Beziehungsweise: Seniorin.

WIRT: Aber das ist ja ... das wäre ja ... wenn das bekannt würde ...

GAST: Drum ist es ja ein Geheimrezept.

WIRT *mit Überwindung:* Mir schmeckt er doch. *Er trinkt aber nicht.*

GAST: Du – Kare – sag einmal ... *leise* ... kennst du den Herrn, der da drüben sitzt? – den mit der Zeitung?

WIRT: Nein.

GAST: Der kommt mir unheimlich bekannt vor. Direkt, als ob ich ihn – also förmlich als ob ich ihn kennen tät, quasi.

WIRT: Ich kenn' ihn nicht.

Der Fremde hat jetzt gemerkt, daß von ihm die Rede ist. Er schaut her. Der Gast tut betont so, als hätte er von etwas anderem gesprochen.

GAST: Ob es auch da nicht naß hineingeht?

WIRT: Wem? Mir?

GAST: Nein. Dem Rüstungssektor.

WIRT: Ach so.

GAST: Weil doch, nicht wahr, im Abrüstungsfalle keine neuen Waffen mehr gekauft werden etcetera, und dann wird doch der dementsprechende Absatz schleppend. Nein! hat der Maushuber gesagt, und das ist sehr interessant, im Gegenthum! sozusagen. Ganz im Gegenthum. Zwar werden die Raketen abgerüstet, die Raketen, verstehst? Aber mit dene Raketen ist geschäftsmäßig eher kein Staat zu machen, weil zwar eine solche Rakete viel Geld bringt, respektive Umsatz, aber naturgemäß sehr wenig verkauft werden. Und teurer Transport und störanfällig und etcetera. Sind eher f r o h, sagt der Maushuber, wenn die Raketenmodelle aus dem Sortiment genommen werden können. Hast mich?

Der Wirt durchschaut die Argumentation nicht ganz. Er will vom Sechsämter trinken. In dem Moment, wo er das Glas an die Lippen setzt, fällt ihm aber ein, was der Gast vorhin erzählt hat, und er stellt das Glas schnell wieder weg. Die Kellnerin kommt nach vorn und serviert den Suppenteller ab.

KELLNERIN *geschäftsmäßig, ohne Interesse:* Hat's g'schmeckt?

GAST: Wenn aber, sagt der Maushuber, die Raketen a b-gerüstet werden, also – auf deutsch g'sagt – weg-g'schmissen –

WIRT: Ist das nicht gefährlich? Können sie dabei nicht explodieren?

GAST: Aber nein. Nicht s o wegg'schmissen. Verschrottet, verstehst? E n t s o r g t.

WIRT: Aso.

GAST: – dann wird dafür von den Regierungen zwangsläufig mehr k o n v e n t i o n e l l e s Waffengut angeschafft. Logo? Und d a m i t, sagt der Maushuber, ist eigentlich das entscheidende Geschäft zu machen.

WIRT: Konventionelle Waffen? Was ist das? Hellebarden?

GAST: Nein. Kanonen. Also normale, quasi. Und Gewehre. Nicht wahr. Den guten, alten Schießprügel.

Die Kellnerin kommt nach vorn und bringt die Hauptspeise für den Gast.

KELLNERIN: Einen Guten!

GAST: Danke. *Er fängt an zu essen.* Wenn ich nur wüßt', wo ich den da drüben schon einmal g'sehen hab. Glaubst – ich weiß und weiß, daß ich den kenn' –

WIRT: Ich kenn' ihn nicht.

GAST: Eben. Eben – das ist ja das – quasi das Mysteriöse, fast möcht' ich sagen: Geheimnisvolle.

WIRT: Jetzt vergiß nicht zum Essen. Sonst wird's kalt, die Leber.

Gast ißt und redet gleichzeitig.

WIRT: Aber wenn – *stockt.*

GAST: Was wenn –?

WIRT: Wenn sie, also die Regierungen, n o c h weiter abrüsten. Wenn die dann auch die Schießprügel entsorgen. Dann –

GAST: Tun sie nicht. Tun sie nicht.

WIRT: Wenn sie's aber doch tun? Wenn der Russe keine Gefahr mehr ist mangels fernerem Sozalismus? Dann geht der MBB doch noch das Grundwasser.

GAST *fuchtelt argumentierend mit den Händen:* Unmöglich. Die Generäle wollen – *Er wirft das leere Bierglas um.* – Jessas na –

WIRT: Was fuchtelst denn so –

GAST: Zum Glück war's leer.

Der Fremde am anderen Tisch schaut her. Er mustert den Gast. Ein fernes Leuchten des Erkennens glimmt in den Augen des Fremden auf. Der Gast bemerkt es nicht.

GAST: Obwohl. Hm. Natürlich. Aber dann könnte die MBB auf noch konventionellere Waffen ausweichen beziehungsweise zurückgreifen.

WIRT: Doch auf Hellebarden.

GAST: Und Säbel.

WIRT: Streitkolben.

GAST: Morgenstern.

WIRT: Kettenhemden.

GAST: K ö n n t e mir sogar vorstellen, daß das produktionsmäßig gar nicht uninteressant wäre. Muß einmal den Maushuber fragen.

WIRT: Und wenn dann sogar d a s abgerüstet wird, dann könnte MBB immer noch Stecken schnitzen! So kräftige, dicke Stecken, mit denen man zuhaut.

Der Fremde schaut wieder weg, in seine Zeitung. Jetzt schaut der Gast hin.

GAST *in einem anderen, leiseren Ton:* Weißt du, was ich vermute?

WIRT: Was?

GAST: Daß der mir – der da drüben – mir in einem früheren Leben begegnet ist.

WIRT: In einem früheren Leben?

GAST: Ja.

WIRT: Glaubst du so einen Schmarrn?

GAST: Das ist kein Schmarrn. Schau. Das ist der Beweis. Da sitzt da drüben einer, den ich nicht kenn', den du nicht kennst, trotzdem kenn' ich ihn ... das muß die Seelenwanderung sein.

WIRT: So. Seelenwanderung.

GAST: Ich kenn' ihn – und ich kenn' ihn nicht. Ich muß ihm in einem früheren Leben begegnet sein. Das gibt's fei!

WIRT: Aber der ist doch nicht älter als du?

GAST: Wie meinst das?

WIRT: Wie du in deinem früheren Leben warst – das muß doch v o r deinem jetzigen Leben gewesen sein –

GAST: Logisch.

WIRT: Und da war doch der noch gar nicht auf der Welt?

GAST: Er – verstehst? – in s e i n e m früheren Leben ist m i r in m e i n e m früheren Leben begegnet.

WIRT: Aso. Der hat auch ein früheres Leben gehabt?

GAST: Ja, selbstverständlich. Alle Menschen haben ein früheres Leben gehabt –

WIRT: Ich auch?

GAST: Freilich, du auch. Nur wissen's nicht alle. Oder geben nicht Obacht drauf, auf so kleine Beobachtungen – wie da hier, jetzt …

WIRT: Und wann, meinst, hast du früher gelebt? In der Steinzeit?

GAST: Möglicherweise.

WIRT: Mir wannst net gangst. In der Steinzeit. Na, na.

GAST: Warum nachher nicht?

WIRT: Bei die Saurier. Wo du keinen Schritt aus deiner Höhle machen hast können, ohne daß dich so eine Bestie zertreten hat. Na, dankschön –

GAST: Es muß ja nicht in der Steinzeit gewesen sein –

WIRT: Und der Fraß – rohes Fleisch … Saurierfleisch …

GAST: Na ja, wenn man denkt, was du jetzt so alles trinkst – *er deutet auf den Sechsämter* – außerdem: vielleicht war's nicht in der Steinzeit. Vielleicht war's unterm Kurfürsten Max Emanuel?

WIRT: Hm. Das klingt schon besser.

GAST: Vielleicht warst du der Kurfürst Max Emanuel?

WIRT: Ich?

GAST: Ja, warum nicht? Einer muß es g'wesen sein. Warum nicht du? Ich zum Beispiel … *er rückt näher an den Wirt heran, weil das jetzt eine vertrauliche Mitteilung ist* … ich bin sicher, ich war der Kaiser Karl.

WIRT *mustert den Gast:* Das kann ich mir nicht gut vorstellen.

GAST: Mir haben schon Leut' gesagt, daß eine gewisse Ähnlichkeit da ist –

WIRT: Na – einen solchen G'schwellkopf wie du … und die Nasen … ich kann mir nicht vorstellen, daß der Kaiser Karl so ausg'schaut hat.

GAST: Woher willst du das wissen? Kein Mensch weiß heut mehr, wie der Kaiser Karl ausg'schaut hat. Hat ja nur Ölbilder gegeben, Photographien nicht, logisch. Und die Ölbilder sind alle geschmeichelt. Weil, wenn ein Maler nicht ein recht geschmeicheltes Bild gemalt hat – rrs. *Er macht eine Geste: Kopf ab.*

WIRT: Na ja, so gesehen –

GAST: Kaiser Karl der Fünfte –

WIRT: – der Fünfte? Ja, so. Der Fünfte ... vielleicht, das trau' ich dir zu. Die ersten viere nicht.

GAST *schwärmerisch:* In dessen Reich die Sonne nicht untergegangen ist. Hat mir ein Professor gesagt: eine gewisse Ähnlichkeit. Die Unterlippe ... da mußt mich von der Seiten anschauen ... im Profil. *Er dreht sich zur Seite.* Und?

WIRT: Na, ja ...

GAST: Und nicht nur das. Ich hab' auch einen anderen Beweis. Horch zu. Vor vier Jahren waren wir doch in Spanien. Ich und meine Frau. Mit der Reisegesellschaft. Weißt' doch. Da waren wir in einem Palast. Estromidings oder so ähnlich hat der geheißen, mir fällt's jetzt im Moment nicht ein, spielt auch keine Rolle ... waren wir also in dem Palast, die ganze Reisegesellschaft, mit Reiseführer, nicht wahr, und hat diesen Palast ehemals der Kaiser Karl der Fünfte erbauen lassen. Hast mich? Ja. Und während wir da so durchgeführt worden sind –

WIRT: Ist dir der Geist vom Kaiser Karl dem Fünften erschienen?

GAST: Ach was – das wäre ich ja selber gewesen. Ich kann mir doch nicht selbst erscheinen. Nein. Die Marie, meine Frau, nicht wahr, die hat plötzlich dringend wohin müssen –

WIRT: Wohin?

GAST: Ja, wohin schon ... müssen hat s' halt –

WIRT: Aufs Häusl?

GAST: Ja. Ganz dringend. Kannst nicht warten, bis wir wieder draußen sind? hab' ich g'fragt. Nein, hat sie g'sagt, ganz dringend muß sie, und zwar sofort. Na ja – ich hab' den Reiseführer g'fragt, wo ist denn für Damen etcetera. Aber der Reiseführer hat's nicht g'wußt. Er hat dann einen spanischen Reiseführer g'fragt, auf spanisch, wo grad mit einer anderen Gruppe vorbeigedrängelt hat – hat auch nichts g'wußt. Da ist mir wie ein Blitz quasi eine Erleuchtung gekommen. Ich hab' die Marie packt – es hat ihr natürlich immer mehr pressiert – und wir sind um eine Ecken, und wieder um eine Ecken ... und da war »Für Damen« – Senoras heißt's auf Spanisch.

WIRT: Kannst du Spanisch?

GAST: Nein – aber da war außerdem ein Weiberl draufg'malt. Spielt ja auch keine Rolle. Aber – merkst nix? – daß ich gewußt hab', wo in dem Escamodings-Palast oder, wie er heißt, der Damenabort ist – obwohl ich vorher nie dort war? Das war eine verschüttete frühere Erinnerung, die jetzt in der Not wieder aufgetaucht ist. Eine Erinnerung – von wo ich noch der Kaiser Karl der Fünfte war.

WIRT: Ist der Kaiser immer auf den Damenabort 'gangen?

GAST: Nein, natürlich nicht. Aber gewußt hat er's – wo er doch den Palast, den Escamodingda oder wie er heißt – erbaut hat.

WIRT: Oder du warst nicht der Kaiser, sondern die Kaiserin.

Gast verzieht das Gesicht: mit dieser Theorie ist er nicht ganz einverstanden.

WIRT: Könnte ja auch sein, oder?

GAST: Glaub' ich aber eher nicht –

Der Fremde schaut jetzt ganz interessiert her, steht dann auf und kommt herüber.

FREMDER *freudig:* Ja, da fress' ich doch einen Besen, wenn das nicht der Franz ist –

GAST: Ha –?

FREMDER: Kennst mi nimmer? Ich bin doch der Bräundl Walter –

GAST: Ah –

FREMDER: Ja! Ja, da legst di nieder. Der Franz, der alte Schlawiner. *Zum Wirt*: Wir sind miteinand' in die Lehr 'gangen. Beim Kustermann. *Zum Gast*: Du bist doch der Hürtreiter Franz?

GAST: Ja, schon –

FREMDER: Das sind doch fünfundzwanzig Jahr' her, daß wir uns nimmer g'sehn haben – Herr Wirt ... das muß gefeiert werden. Bringen S' eine Flasche Schampus – ja, der Franz, der alte Schlawiner –

Der Fremde setzt sich her. Der Wirt steht auf, um Sekt zu holen.

FREMDER: Jetzt erzähl einmal – was hast denn immer g'macht in die Jahr' –?

WIRT *im Abgehen, verächtlich:* – in dessen Reich die Sonne nicht untergeht.